PENGUIN BOOKS

THE PENGUIN
ITALIAN READER

THE PENGUIN
ITALIAN READER

Editor: Timothy Holme

Penguin Books

Penguin Books Ltd, Harmondsworth, Middlesex, England
Penguin Books Inc., 7110 Ambassador Road, Baltimore, Maryland 21207, U.S.A.
Penguin Books Australia Ltd, Ringwood, Victoria, Australia
Penguin Books Canada Ltd, 41 Steelcase Road West, Markham, Ontario, Canada
Penguin Books (N.Z.) Ltd, 182–190 Wairau Road, Auckland 10, New Zealand

—

First published in this collection 1974
Reprinted 1976

—

This collection copyright © Timothy Holme, 1974

—

Made and printed in Great Britain by
Hazell Watson & Viney Ltd,
Aylesbury, Bucks
Set in Monotype Plantin

INTRODUCTORY NOTE

This book represents a very wide range of modern Italian writing, so that, in effect, as well as presenting the language, it also presents the country. Ideally it calls for a basic knowledge of Italian, but a beginner can perfectly well use it in conjunction with his or her study of the language, particularly because it has been designed on swimming-pool lines, starting at the shallow, or easy end and moving into deeper water as it goes on. The pieces are arranged so as to give as much variety of subject and style as possible, switching from narrative literary prose to journalism, technical writing, poetry and so on.

Because of its nature, this collection can be used as a textbook or simply for enjoyment, studied in groups or read by individuals. It could be useful for translation and – Italy being a land of violently contrasting opinions – many of the pieces might be good starting points for discussions or debates.

The passages have been chosen according to two criteria; the majority because of their excellence as Italian on the one hand, their interest or controversial value on the other. But there are also a number of pieces which have been included because they represent specific types of Italian which the reader who wants an all-round knowledge of the language cannot afford to ignore.

Notes include background explanations when necessary, together with translations into English or simplified Italian versions of difficult words and phrases. In the preparation of these notes I have used the Cassell's *Italian Dictionary*, omitting words contained in it unless they have a different meaning in the passage from that given in the dictionary.

There are also indexes of subject matter, authors and sources to help readers who may wish to go straight to a particular subject, writer or work.

Finally, I should like to express enormous gratitude to my sister-in-law, Bruna Ghirardelli, who has been of invaluable help throughout the preparation of the book.

[1]

IL DUOMO

Se a Milano il Duomo è ancora al suo posto e i pullman che 1
portano a spasso gli stranieri sono sempre gli stessi, salvo forse
l'aria condizionata in più, le turiste invece sono un po' cam-
biate. Difficile, oggi come oggi, vederle in giro con addosso i
vestiti di nailon stampato dai quali spuntavano le braccione 5
arrostite dal sole d'Italia. Raro che portino ancora sulla testa
incredibili velette o cappelli da gondoliere e ai piedi sandali e
calzini o, peggio, soprascarpe di plastica trasparente. Tutte
cose che fino a pochi anni fa le facevano distinguere lontano un
miglio.   10
  Adesso la moda, che ha livellato tutti ed è forse l'unico
campo in cui già esiste l'Europa unita, fa si che per ricono-
scerle bisogna scrutarle bene. Solo così ci si accorge che hanno
tutte la regolamentare macchina fotografica a tracolla, il
borsone pieno di mappe, 'thermos' e souvenirs e soprattutto 15
l'aria troppo attenta per essere delle frettolose massaie o
impiegate nostrane.

Adriana Mulassano: *Corriere della Sera,*
21 maggio 1971

1. pullman: autobus. 4. oggi come oggi: *in this day and age.* 5. nailon:
nylon. 5. braccione: grosse braccia. Il suffisso '-one' viene usato per
indicare qualcosa di grande. Es. un omone, *a big man*; un vocione, *a loud
voice.* 14. a tracolla: *round their necks.* 15. borsone: grande borsa.
17. nostrane: locali, cioè italiane, in questo caso. Può essere usato anche
per salame, formaggio, ecc.

[2]

IL DEVOTO DI SAN GIUSEPPE

C'era uno che era devoto di San Giuseppe e basta. A San 1
Giuseppe diceva tutte le orazioni, a San Giuseppe accendeva il

cero, per San Giuseppe faceva le elemosine, insomma non
vedeva altro che San Giuseppe. Viene il giorno che muore e si
5 presenta a San Pietro. San Pietro non voleva riceverlo, perchè
tutto quel che aveva fatto di buono nella vita era stato di
pregare San Giuseppe. Di buone azioni, niente; e il Signore, la
Madonna e gli altri Santi, come se per lui non esistessero.

'Giacchè sono venuto fin qua,' disse il devoto di San
10 Giuseppe, 'lasciate almeno che lo veda.'

E San Pietro mandò a chiamare San Giuseppe. San Giuseppe
venne e appena vide quel suo devoto, fece: 'Ma bravo, sono
proprio contento di averti con noi. Vieni, vieni dentro.'

'Non posso; c'è quello là che non vuole.'
15 'E perchè?'

'Perchè dice che ho pregato solo voi, e non gli altri Santi.'

'Ah, figuriamoci, cos'importa, vieni dentro lo stesso.'

Ma San Pietro si ostinò che non lo voleva. Ne nacque un
gran battibecco e alla fine San Giuseppe disse a San Pietro:
20 'Oh, insomma, o lo lasci entrare, o io mi prendo su mia
moglie e il mio bambino e vado a impiantare il Paradiso da
un'altra parte.'

Sua moglie era la Madonna, il suo bambino era Nostro
Signore. San Pietro pensò meglio di cedere e di lasciare entrare
25 il devoto di San Giuseppe.

Italo Calvino: *Fiabe italiane* (Einaudi, 1956)

1. C'era uno: C'era un uomo. 1. e basta: *and that was all.* 17. figuriamoci: *nonsense.*

[3]

IL TEST DELLA TIMIDEZZA

1 1. Pensi che tutti ti guardino quando sei in
        pubblico?   SI NO
    2. Ti capita spesso di arrossire?   SI NO
    3. Sai ridere di te stessa?   SI NO
5 4. Temi di essere presa in giro?   SI NO

5. Drammatizzi i piccoli inconvenienti?   SI NO
6. Sei influenzabile?   SI NO
7. Esiti molto quando devi scegliere un vestito
    o un paio di scarpe?   SI NO
8. Sai modificare con indifferenza una vecchia   10
    abitudine?   SI NO
9. Pratichi uno sport?   SI NO
10. Fai parte di una combriccola?   SI NO

Hai detto no alle domande 3, 8, 9, 10 e sì a tutte le altre? Sei
una timida . . . pericolosa: occorre provvedere. Se hai riposto 15
tutto il contrario . . . forse sei un po' troppo sicura di te. Ma
meglio sicuri che eternamente tentennanti.

Corriere dei Piccoli, 3 ottobre 1971

[4]

NON GRIDATE PIÙ

Cessate d'uccidere i morti,   1
Non gridate più, non gridate
Se li volete ancora udire,
Se sperate di non perire.

Hanno l'impercettibile sussurro,   5
Non fanno più rumore
Del crescere dell'erba,
Lieta dove non passa l'uomo.

Giuseppe Ungaretti (Mondadori, 1971)

[5]

Carissimi tutti,   1
    siamo alla fine del nostro secondo giorno a New York e le
cose cominciano ad andare un po' meglio; voglio dire meglio

9

di ieri all'arrivo. Dopo una bella traversata anche divertente, allo sbarco tutto è sembrato brutto – l'attesa di oltre tre ore per mostrare il passaporto alle autorità americane che erano salite sulla nave (e pensate che eravamo in piedi dalle 5 per vedere l'arrivo a New York! il quale è stato molto bello, con un'aurora meravigliosa che tingeva di rosa i grattacieli che sono proprio tanti, tanti), la villania dei primi americani con i quali siamo venute a contatto (ci hanno fatto aprire le valigie per terra!!!), la sporcizia della città con cartacce e gente sporca e disordinata ovunque. Per fortuna l'albergo era ed è bello, poi siamo uscite verso le 14 a mangiare un po' e alle 17, 30 siamo andate a messa alla cattedrale di Saint Patrick. Le due cose messe insieme ci hanno un po' rasserenate. Poi la telefonata a casa, un buon bagno e un'altra passeggiatina per la cena hanno colorato di rosa ancor di più il panorama e oggi il giro della città (ci hanno mostrato solo cose belle o interessanti) ha finito per farci pensare, almeno a me, che in fondo è valsa la pena di essere venute. Certe parti di New York sono molto belle. Noi siamo già come due vecchie volpi e giriamo a piedi da una strada all'altra che è un piacere. Peccato però che non si possa uscire di sera da sole. Ieri sera c'era con noi un italiano residente in Canadà che ha fatto il viaggio con noi. Con lui abbiamo giro-vagato tranquillamente anche dopo cena; ma questa sera alle 19 ci siamo ritirate in camera dopo una veloce cenetta in una specie di piccolo Lyons qui vicino. Ci dicono tutti di non uscire di sera e di stare attente alle borsette e ai gioielli. Un cameriere ieri sera (che mi aveva detto vedendomi: sembra una farfalla!) mi ha quasi sgridata perchè avevo al braccio il mio orologio d'oro bianco e il braccialetto bello. Ha detto che in Italia si potrà portare tutta quella roba preziosa, ma non a New York. Io allora mi sono levata tutto e l'ho messo nella borsetta che poi tenevo ben stretta.

Fa abbastanza caldo, ma non da morire, anche perchè nelle case e negli autobus c'è l'aria condizionata di cui gli americani vanno matti. Ma in ogni caso, per fortuna, non si muore dal caldo anche se si sta al sole in coda per 3/4 d'ora, come oggi pomeriggio quando stavamo aspettando il vaporetto per andare all'isola della statua della libertà. Faccio foto e film a tutto andare. Non so proprio quali saranno i risultati, però.

Ciao, vi bacio tanto tutti e spero che il caldo da voi diminuisca.

Lettera da New York

9–10. proprio tanti, tanti: veramente molti. 12. cartacce: pezzi di carta sporca. Il suffisso '-accio' ha senso dispregiativo. Es. bambinaccio, *nasty little boy*; tempaccio, *bad weather*. 17. passeggiatina: breve passeggiata. Il suffisso '-ino' ha senso diminutivo. Es. bicchierino, *little glass*; manina, *little hand*. 20. è valsa la pena: *it was worth while*. 22. vecchie volpi: persone che hanno molta esperienza. 27. cenetta: *light supper*. Il suffisso '-etto' è anch'esso diminutivo. 35. ben stretta: *very firmly*. 36. non da morire: non eccessivamente. 38. vanno matti: *are mad about*. 41–2. a tutto andare: continuamente.

[6]

'Questa non è una città, è solo un grande garage male orga- 1
nizzato.' È la frase di un tassista ed è anche un dato di fatto
incontestabile. Roma è un garage che contiene, ferme o in
moto, circa 918.000 vetture: è quindi in testa a tutte le città
italiane come densità automobilistica. Un record di cui si 5
farebbe volentieri a meno.

Nel 1985 si calcola che le auto saranno 1.485.000: il garage
traboccherà.

Vivere in una città che ha l'auto alla gola vuol dire una serie
di cose ben precise. 10

Significa che l'intera geografia dell'abitare è condizionata
dalla presenza dell'auto: ci muoviamo nello spazio che ci
concede, respiriamo l'aria che contamina, accettiamo di
adeguare il ritmo della nostra vita a quello che lei ci impone.

Le strade e le piazze – per secoli la naturale estensione della 15
casa e luogo di scambi sociali e culturali – sono diventate un
parcheggio, un punto di passaggio. La funzione di scambio
della città, fondata sull'incontro e sul dialogo, che determina il
valore civilizzante della esistenza urbana, è sempre più
soffocata dall'ipertrofia del traffico. Se un tempo star per 20

strada poteva essere un'attività proficua e piacevole, ora è
soltanto sinonimo di spreco di tempo.

In questi nostri spostamenti (che poi sarebbe più corretto
chiamare stazionamenti) perdiamo infatti, ogni giorno, circa
25 tre ore. Un lavoratore romano spreca nel tragitto casa–lavoro
ben cinquanta giornate lavorative all'anno.

È, 21 marzo 1972

2. un dato di fatto: un fatto.   5–6. si farebbe volentieri a meno: *one
would gladly do without*.   9. l'auto alla gola: *cars up to its neck*.   19. sempre
più: *more and more*.   26. ben cinquanta giornate: *a good fifty days*.

[7]

1 Per quanto mi è possibile, evito sempre di scrivere sulle donne
o sui problemi che riguardano le donne. Non so perchè, la
cosa mi mette a disagio, mi appare ridicola. Le donne non sono
una fauna speciale e non capisco per quale ragione esse
5 debbano costituire, specialmente sui giornali, un argomento a
parte: come lo sport, la politica e il bollettino meteorologico.
Il padreterno fabbricò uomini e donne perchè stessero
insieme, e dal momento che ciò può essere molto piacevole,
checchè ne dicano certi deviazionisti, trattare le donne come se
10 vivessero su un altro pianeta dove si riproducono per parteno-
genesi mi sembra privo di senso. Ciò che interessa gli uomini
interessa le donne: io conosco uomini (assolutamente normali,
badate) che leggono *Harper's Bazaar* e donne (assolutamente
normali, badate) che leggono il 'fondo' del *Times*: ma non per
15 questo sono più cretini o cretine degli altri. Così, quando qualcuno mi chiede: 'Lei scrive per le donne?' io mi arrabbio
profondamente.

Oriana Fallaci: *Il sesso inutile* (Rizzoli, 1961)

1. Per quanto mi è possibile: *as far as I can*.   7–8. perchè stessero
insieme: *so that they should live together*.   8. dal momento che: *since, as*.
14. il 'fondo': *the leading article*.

[8]

In un solo giorno del settembre scorso, l'Alitalia ha trasportato   1
un numero di passeggeri doppio di quello che aveva trasportato
in tutto il primo anno di attività, il 1946. Questa l'indicazione
più significativa del cammino percorso in 25 anni dalla compagnia (l'atto costitutivo fu infatti firmato il 16 settembre   5
1946). L'attività di linea venne iniziata il 5 maggio 1947, con il
volo Torino–Roma–Catania, primo servizio aereo commerciale
italiano del dopoguerra.

Dal 1946 ad oggi l'Alitalia ha assunto ruolo di primo piano
in campo mondiale. La sua flotta di 78 aviogetti, fra cui   10
quattro super-jet Boeing 747 da 365 posti, collega oltre 100
città nei cinque continenti. Sulle rotte di maggiore competizione
del mondo, quelle dell'Atlantico Settentrionale, la compagnia
di bandiera figura al sesto posto assoluto come numero di
passeggeri trasportati. Una tale espansione è anche testi-   15
monianza del moderno spirito imprenditoriale, del consiglio e
del pratico apporto con i quali l'IRI ha sempre sostenuto i
programmi dell'Alitalia.

Notizie IRI, settembre 1971

12. rotte: *routes*. 14. di bandiera: nazionale. 16. imprenditoriale:
enterprising. 17. apporto: *contribution*. 17. IRI: Istituto per la
Ricostruzione Industriale.

[9]

Loreley è molto intelligente. 'Capisco,' disse. 'Deve essere   1
molto difficile fare la moglie di una spia,' nonostante la gravità
e la serietà di ciò che mi diceva, mi sorrise. '. . . Ma non è poi
molto più difficile che essere la moglie di un uomo normalis-
simo, un ottimo impiegato, per esempio, come mio marito.   5
Mio marito è un impiegato di lusso, ma è sempre un impiegato

13

e d'estate ha soltanto due settimane di ferie. Io sono felice con
lui, ma ogni tanto mi viene la voglia furibonda di lasciarlo. A
tavola è esigente: la pasta deve essere cotta al punto giusto, se
10 è scotta o se è dura, è una tragedia. Se sbaglio e metto un po'
più o un po' meno di sale, sento che mi odia. Così mi odia se
commetto il minimo sbaglio nel tenergli in ordine gli abiti, mi
odia se la sveglia si guasta e lui va in ufficio in ritardo, senza
pensare che io non ci posso far niente se la sveglia si guasta, e
15 così mi odia se Gian Paolo, il nostro bambino, prende il
raffreddore, come se io avessi fatto apposta a farglielo prendere.
Sapessi, cara, quanto è difficile fare la moglie di un uomo
normale ... Forse difficile come fare la moglie di un agente
segreto ... se non di più ...' mi sorrise ancora. 'Vedi, io credo
20 che sia difficile fare la moglie, chiunque sia il marito. Pensa alla
moglie di un corridore d'auto, che ogni corsa rischia la vita ...
Pensa alla moglie di un bandito ... o alla moglie di un toreador
che ogni volta può essere infilzato da un toro ...'

Giorgio Scerbanenco: *Le spie non devono amare*
(Garzanti, 1971)

6. è un impiegato di lusso: ha un lavoro ben pagato.   10. scotta: cotta
troppo.   13. si guasta: *breaks*.   16. fatto apposta a farglielo prendere:
deliberately made him catch it.   17. Sapessi: *if only you knew.*

[10]

1 Signor Direttore,
    siamo un gruppo di studenti del Liceo scientifico di Oristano.
Le scriviamo per esporre la situazione in cui ci troviamo.
L'anno scolastico per noi è iniziato senza che fosse stato
5 nominato il professore di matematica. Quindi per i primi due
mesi abbiamo avuto come supplente un professore che però,
dovendo insegnare in altre classi, ci faceva solo qualche ora.
Nel mese di dicembre è arrivato un insegnante che sarebbe
dovuto restare per tutto l'anno. A gennaio però il professore va
10 via, e siamo alla fine del primo quadrimestre. Altre due set-

timane senza insegnante e finalmente a febbraio ecco arrivare il nuovo insegnante. Quando già ci eravamo abituati al metodo di questo professore, ecco che egli viene letteralmente 'buttato fuori' dal liceo. Siamo a maggio, e a pochi giorni dalla fine dell'anno ecco un altro insegnante. 15

Ora noi ci chiediamo come possa questo insegnante giudicarci con un solo voto o con i voti dati dall'altro insegnante. Poi vorremmo sapere se è questa la 'scuola moderna' della quale tanto si parla ...

Noi non possiamo protestare perchè il preside non gradisce le 20 assemblee, in tutto l'anno ce ne ha permessa una sola ... La preghiamo di voler pubblicare questa nostra lettera nel suo giornale, omettendo i nomi, e La ringraziamo.

L'Unità, 23 maggio 1971

20–21. il preside non gradisce le assemblee: *the headmaster doesn't like student assemblies.*

[11]

Circa quindici anni fa ero a Londra per pochi giorni, ed entrai 1 nel primo ufficio bancario che mi si parò davanti per cambiare un *travellers cheque*. In continente mi era sempre capitato che, presentando un simile assegno per la riscossione ad una banca dove non ero conosciuto, dovevo anche dimostrare la mia 5 identità con un documento personale munito di fotografia. Perciò, dopo aver portato il mio *cheque* al cassiere di Oxford Street, aggiunsi che gli avrei fatto vedere il passaporto, e stavo armeggiando col cappotto, l'ombrello, e un pacco che avevo in mano, per tirarlo fuori dalla tasca della giacca. 10

'Non importa, signore,' mi disse l'impiegato, 'siamo in Inghilterra ...'

In Inghilterra, e cioè, in un paese dove la fiducia non è un nome vano: anzi, è il fondamento e la base di tutta la vita sociale e politica, e massimamente dell'economia. Questo, 15 penso, è l'apporto fondamentale, di incalcolabile pregio, che la nobile e antica Britannia conferirà ad un'Europa 'unita'.

Camillo Pellizzi: *Corriere della Sera*,
22 novembre 1971

2. che mi si parò davanti: (*approximately*) *that I saw*. 4. per la riscossione: *to cash*. 6. munito di: con. 9. armeggiando col cappotto: *fumbling with my overcoat*.

[12]

FILETTO ALLA LOREN

1 Ogni tanto qualcuno chiama un piatto col mio nome; capita a tutti gli artisti. Ma io in questo libro ho voluto darvi la mia cucina, perciò ho evitato, in genere, le ricette con dedica. Faccio una sola eccezione, perchè in questo piatto c'è qualcosa
5 che proprio lega col mio gusto personale, con la mia fantasia. Me lo ha fatto nel suo locale milanese, 'Da Lino', Guido Furiassi: un uomo dotato di autentico estro.

Per questo piatto, occorrono fettine molto sottili e piccole di filetto di manzo: calcolate per ogni persona quattro fettine
10 corrispondenti a un peso sui 60 grammi; e questo vi dice che si tratta più di un 'hors d'oeuvre' stuzzicante che di una pietanza; ma niente vieta, ovviamente, di aumentare le dosi. Inoltre, occorrono formaggio parmigiano sbriciolato, non grattugiato; tartufo, sale, olio di oliva. Preparate il fornello da
15 tavolo, per cuocere al momento, e piatti di porcellana che resistano al fuoco. Ecco: mettete in ogni piatto quattro fettine di carne e passate il piatto, senza alcun altro ingrediente, sul fuoco vivo. Subito dopo, invece, versate sulla carne un pizzico di sale, un mezzo cucchiaio di parmigiano sbriciolato,
20 un'affettata di tartufo. Nel tempo necessario per queste operazioni, la carne diventerà bruna, il formaggio incomincerà a sciogliersi; date una rigirata, togliete dal fuoco, e solo a questo punto bagnate la carne con un cucchiaio di olio crudo. Sarà, vedrete, una cosa davvero fantastica.

Sofia Loren: *In cucina con amore* (Rizzoli, 1971)

16

1. capita a: *this happens to.*   5. lega: (*here*) *is in sympathy with.*   13–14. sbriciolato, non grattugiato: *crumbled, not grated.*   14–15. fornello da tavolo: *portable range.*   16. Ecco: (*here*) *now.*   20. affettata: *little slices.* 22. date una rigirata: *turn it over.*

[13]

A Tempio si è mangiato in un'osteria con gente del luogo che   1 ha voluto farci un po' di festa. Si tratta di borghesi, qualche avvocato, il sindaco; hanno saputo che siamo viaggiatori venuti apposta dal continente per vedere la Sardegna, e ci considerano come roba loro: ospiti. Questa faccenda dell'ospi-   5 talità veramente non me l'aspettavo. Sarà un cerchio di ferro, da ora in poi, a cui non potremo sfuggire. Tempio avvertirà Castelsardo, e Castelsardo Sassari, e Sassari Macomer, e così via, e dovunque saremo gli 'ospiti attesi' senza nemmeno saperlo. Come tutti i popoli rimasti nel cuore primitivi, anche i   10 sardi hanno questo culto: per cui un uomo non può girare libero per la loro terra senza, subito avvistato, divenire oggetto d'ospitalità e passare di mano in mano. Un prepotente bisogno di consumazione.

Elio Vittorini: *Sardegna come un'infanzia*
(Mondadori, 1952)

1. si è mangiato: abbiamo mangiato.   2. Si tratta di: *they were.*   5. come roba loro: *as if we were theirs.*   7. da ora in poi: *from then on.*   13–14. Un prepotente bisogno di consumazione: (*approximately*) *an overwhelming desire to devour their guests with hospitality.*

[14]

E, a proposito del Sinai, una storia di cugini che m'ha raccon-   1 tato un amico ambasciatore del Medio Oriente.

Siamo al culmine della guerra dei sei giorni, la rotta si rivela

sempre più drammatica. Squilla al Cairo il telefono di Krus-
5 ciov.

'Pronto, mi dia Nasser . . .'

'Eccomi, sono io, Nasser.'

'Ma che state facendo, razza di traditori? Un disastro
simile con le armi che vi abbiamo fornito noi russi? Con i
10 nostri carri? Con le nostre mitragliatrici! . . .'

'Caro Krusciov, vedo che lei non ha capito il nostro piano
strategico . . .'

'Macchè piano strategico! Se hanno sfondato da tutte le
parti . . . Di che piano state farneticando?'

15 'Ma signor Krusciov, noi stiamo applicando la strategia
sovietica . . .'

'Che strategia?'

'Ma la strategia di Stalin, camerata Krusciov . . . Li facciamo
penetrare in profondità nel territorio nazionale, almeno fino al
20 Sinai . . .'

'E poi?'

'Poi aspettiamo che nevichi e vedrà che batosta!'

Il Borghese, 12 settembre 1971

3. rotta: *retreat.*   8. razza di traditori: *you pack of traitors.*   10. carri:
carri armati.   13. Macchè piano strategico!: *what the hell strategy!*
13–14. Se hanno sfondato da tutte le parti . . .: *they've broken through
right, left and centre* . . .   22. che batosta!: *what a collapse!*

[15]

1 Nella mia famiglia siamo dieci figli. Mio padre Matteo e mia
madre Concetta non hanno badato a spese a mettere al mondo
bambini. Siamo sette maschi e tre femmine. Io sono l'ultimo
dei maschi, il più piccolo insomma.

5 Come ho cominciato: era la festa del patrono, San Nicola di
Bari, frequentavo allora l'istituto tecnico per ragionieri 'Gian-
none' di Manfredonia (avevo frequentato anche la quarta
ginnasiale al Sacro Cuore, ma il latino mi dava troppo fastidio).

Per la grande festa, Zapponeta era zeppa di bancarelle. Un venditore di granite di ghiaccio si serviva di un microfono per piazzare il suo prodotto; ma ormai non aveva più voce.

Un mio amico, scherzosamente, mi gridò: 'Avanti, Nico, grida un po' tu che a scuola voce ne hai tanta.' Afferrai il microfono, ma pensai fosse meglio cantare che gridare e attaccai 'Stella marina'. Fu un successo. Così cominciò la mia avventura di cantante.

Lasciai le scuole. I miei genitori non erano per niente contenti: avrebbero voluto che almeno arrivassi a diplomarmi. Ma tenni duro. La scuola era già stata un guaio per me.

Mio padre, generosamente, mi diede i soldi per andare al Nord. Per poter cantare feci tutti i mestieri, il muratore, il fattorino, il barman, lo scaricatore di carbone (10.000 lire in un colpo solo) e qualche 'serata' con orchestre di periferia. Sino al giorno in cui, un famoso *talent scout*, il maestro Leoni, non mi scoprì e mi fece fare un 45 giri: su una facciata c'era 'Pianino pianino' e sull'altra una mia composizione, il twist 'Perchè te ne vai'. L'incisione piacque abbastanza. La mia carriera cominciò così.

Corriere dei Ragazzi, gennaio 1972

5–6. Nicola di Bari: Uno dei programmi più populari della televisione italiana è un festival di canzoni chiamato Canzonissima. Nel 1971 fu vinto da un giovane cantante, Nicola di Bari, che, in questo brano, descrive l'inizio della sua carriera. 9. Zapponeta (*a village*). 9. zeppa di: *crammed with.* 10. granite di ghiaccio: *fruit juices in crushed ice.* 11. piazzare: *to sell.* 17–18. per niente contenti: *not pleased at all.* 19. tenni duro: *I was adamant.* 20–21. al Nord: *to the north of Italy.* 22–3. in un colpo solo: *in one go.*

[16]

SALE, CONCHIGLIE E SOGNI

In una baia che nome non ha

C'è un pescatore e una barca che va,

E una donna che sulla porta aspetterà

Quando stanco di andare lui ritornerà,
5   E sale e conchiglie e sogni porterà.

Dentro i suoi occhi c'è la libertà,
Nelle sue rughe c'è la libertà.
Sulla porta sempre lei aspetterà
Quando stanco d'andare lui ritornerà,
10   E sale e conchiglie e sogni porterà.

Non ha mai chiesto di avere di più
Delle sue mani e di quel cielo blu,
E della donna che sulla porta aspetterà
Quando stanco d'andare lui ritornerà,
15   E sale e conchiglie e sogni porterà.

Mario Barbaja: Canzone da *Argento . . . quando
il nostro amore diventa libertà* (Ariston, 1971)

[17]

SUI TAXI

1 I taxi milanesi hanno la carrozzeria bicolore: verde nella parte
inferiore e nera in quella superiore. Questa colorazione sarà
tuttavia gradualmente modificata: il nuovo colore sarà il
giallo zabaglione, cioè il colore 'europeo' delle autopubbliche di
5 piazza. Ogni taxi reca un numero distintivo e su di esso possono
prendere posto al massimo 4 persone oltre il conducente.

Alla partenza il prezzo è di 220 lire, comprensivo del primo
scatto di 220 metri: per scatti successivi 40 lire per ogni 400
metri.

10   Il prezzo di sosta varia dalle 20 alle 30 lire al minuto. Il supplemento festivo (valevole dalle 6 alle 22) è di 100 lire per corsa
e non è cumulabile con il supplemento notturno. Il supplemento notturno, che scatta tutti i giorni dalle 22 alle 6, varia da
150 a 200 lire.

15   Altri supplementi sono previsti per: le valigie, oltre la prima,
con un lato superiore a 50 cm., 50 lire; per ogni paio di sci,

100 lire; per i cani, esclusi quelli che si tengono in grembo, 50
lire.

I taxi parcheggiano in posteggi forniti di telefono (cercare
sulla guida telefonica sotto la voce 'Autopubbliche'): si 20
possono chiamare anche formando il numero 117 oppure
telefonando al 865.161, centralino telefonico dei radio-taxi, il
quale è in contatto con circa 300 autopubbliche.

Sono stati anche introdotti gli cheques-taxi, libretti di
ricevuta sui quali il cliente, al termine della corsa, scrive il 25
prezzo del viaggio con la propria firma in calce. In tal modo
anzichè pagare volta per volta, riceverà alla fine di ogni mese un
conto unico da saldare (per informazioni telefonare al 803.151).

Tutta Milano (Edizione Italiana, 1971)

4. zabaglione: *egg-flip*. 5. reca: ha. 8. scatto: (*literally*) *click*. 10.
sosta: *waiting*.

[18]

Lei che parla sempre bene della democrazia, mi risponda: le è 1
sembrata una cosa bella, questa faccenda dell'elezione del
presidente della Repubblica? Voglio dire, le è sembrato bello
che i 'grandi elettori' si siano insultati, e presi anche a pugni?
Non pensavano che l'Italia (e anche il mondo, attraverso la TV) 5
li stava guardando? Mi risponda: le è sembrato bello? (Lettera
firmata, da Roma)

No, non mi è sembrato bello. Brutto, anzi, e mortificante e
scoraggiante. Però, caro amico, continuerò a parlar bene della
democrazia, e sai perchè? Perchè ne posso anche parlar male, 10
senza che nessuno vada dai poliziotti a dire: 'Guardate che
quello parla male del regime.'

Corriere dei Ragazzi, gennaio 1972

2–3. elezione del presidente della Repubblica: le elezioni presidenziali si
svolsero in Italia alla fine del 1971. 4. 'grandi elettori': senatori, deputati
e rappresentanti regionali che eleggono il presidente della Repubblica.
4. presi anche a pugni?: *even came to blows?*

[19]

STORIA DI UNA PELLICCIA RUBATA

1 'Signor direttore, il giorno 24, vigilia di Natale, verso le 2 del
pomeriggio, ho lasciato la mia 500 in via Olmetto, angolo via
Torino (a Milano). Al mio ritorno ho trovato la portiera rotta e
rubata una pelliccia di castorino color marrone, l'avevo appena
5 ritirata per fare un regalo a mia sorella, sordomuta: questa
povera ragazza non ha nulla dalla vita, priva della parola, e per
questo avevo deciso di fare questa spesa. Per me è un enorme
sacrificio, avevo dato in acconto la mia tredicesima e ora
dovrò pagare il resto per una cosa che è stata rubata. Ora lei
10 può capire, signor direttore, come è difficile per due ragazze
andare avanti onestamente a Milano. Io faccio l'operaia, si può
immaginare quanto posso guadagnare. Signor direttore, dica a
quel ladro di restituirci il castorino.'

L'Europeo, 13 gennaio 1972

4. castorino: *beaver*.   5. ritirata: *fetched*.   8. tredicesima: *Christmas
bonus – an extra month's pay.*

[20]

1   *La vostra frutta subito freschissima in tutto il mondo.*

Gentile Esportatore,
    il sole, il mare, la frutta hanno sempre costituito immagini
tipiche del nostro Paese.
5   Ma oggi, il tradizionale carretto siciliano, carico di agrumi
dorati, al di là della rappresentazione folcloristica, adombra
una realtà economica che ne è il concreto superamento. Le
albicocche della Campania, le mele, le pere dell'Emilia, le
pesche del Veneto, rappresentano una produzione ormai
10 organizzata su basi industriali.

Questa attività in continuo sviluppo si impone come una delle più importanti della nostra economia.

Le condizioni climatiche della penisola sono indubbiamente favorevoli alla frutticoltura e questo è un dato molto confortante se si pensa che la domanda estera per questi prodotti è in 15 continua ascesa; oggi più che mai le possibilità di esportazione per questo settore si fanno sempre più consistenti.

Tuttavia questa situazione così vantaggiosa – particolarmente per la frutta fuori stagione – non è ancora totalmente sfruttata. Ampliare le zone di collocamento comporta una 20 oculata scelta dei sistemi distributivi e dei mezzi di trasporto. Una decisione di questo genere può essere determinante per l'acquisizione di una nuova clientela.

L'uso di sempre più rapidi mezzi di trasporto è l'arma principale di ogni accorto produttore di fronte alla concorrenza. 25 Spedire via aerea rappresenta indubbiamente la soluzione più moderna e funzionale ed inoltre minimizza l'assillante problema della deperibilità dei prodotti frutticoli.

Si mantenga anche Lei all'avanguardia e approfitti dei servizi che le offre AERITAL. 30

Alitalia publicity

6. al di là: *beyond*. 6–7. adombra una realtà economica che ne è il concreto superamento: rappresenta una realtà economica che dimostra che il carretto siciliano è superato. 20–21. Ampliare le zone di collocamento comporta una oculata scelta: *to widen your market involves a careful choice.*

[21]

'Mamma mia, dammi cento lire che in America voglio andar.' 1
'Cento lire io te le dò, ma in America no, no, no.' È il ritornello di una vecchia canzone di emigranti e fu un motivo di successo. Le cento lire, naturalmente, non bastavano: ne occorrevano di più, molte di più, per il viaggio via mare, il soggiorno di 5 quarantena a Long Island, triste ed umiliante, l'attesa di un

lavoro e, per sopravvivere appena, pane e cipolla, in vista della
prima paga. E tuttavia non era questa la ragione per cui la
madre negava le cento lire al figlio. Partire è un po' morire.
10 Emigrare è come morire due volte. In un secolo, e cioè dall'unificazione d'Italia al 1970, hanno lasciato il Paese oltre venticinque milioni di persone. Il fenomeno ha avuto fasi alterne:
quando più intenso e quando meno. Il periodo di maggiore
esodo, e questa volta verso il Nord Europa, che andava
15 industrializzandosi, si ebbe durante il quinquennio che va dal
1906 al 1911: circa tre milioni e mezzo di emigrati. Una città
come Roma che si trasferisce! Dopo una lunga parentesi,
imposta dal fascismo per ragioni di prestigio nazionalistico, che
tuttavia trasforma l'emigrazione di tipo tradizionale in quella
20 più arrogante, e non per questo meno povera, di tipo colonia-
lista, gli italiani riprendono la via d'oltre oceano e d'oltre
frontiera.

Giuseppe Bocconetti: *Radiocorriere*,
14/20 maggio 1972

7–8. in vista della prima paga: *while waiting for the first wages.* 9.
Partire è un po' morire: *departure is a little death (Italian proverb).*
13. quando più intenso e quando meno: *now more, now less intense.*
14–15. che andava industrializzandosi: che stava diventando industriale.

[22]

1 'It's the old story in Italy again.' È la solita vecchia storia. Così
ha scritto *The Times*, di recente, a proposito della crisi italiana.
Questa volta, tuttavia, gli inglesi non sono apocalittici nelle
loro previsioni. Nel 1969, giornali seri come *The Observer*
5 davano per imminente una svolta radicale, più a destra che a
sinistra. Ora hanno capito che, nonostante le crisi ricorrenti, le
istituzioni reggeranno.
   L'opinione pubblica britannica ha compreso che le crisi
italiane hanno – in gran parte almeno – una origine di carattere
10 costituzionale, cioè il sistema elettorale proporzionale che

24

rende necessarie coalizioni che difficilmente sopravvivono per una intera legislatura. In ciò, gli inglesi traggono una certa misura di compiacimento per la presunta, o vera, superiorità del loro sistema uninominale, che assicura ad un partito il governo del paese per cinque anni.　　　　　　　　　　　15

Comunità Europee, aprile 1972

12–13. traggono una certa misura di compiacimento: *derive a certain satisfaction*.

[23]

Per la maggioranza dei ragazzi il problema del grasso superfluo 1
non esiste e se esiste dipende più da disfunzioni interne che da
un'eccessiva alimentazione. Per la maggioranza dei matusa,
abituati a muoversi poco e a mangiare troppo, è fonte di
quotidiane preoccupazioni. Alcuni seguono diete ferree, 5
pericolose se non vengono consigliate da un medico. Altri
seguono sistemi personali. Il deputato comunista italiano
Giorgio Amendola è riuscito a dimagrire di 33 chili mangiando
bistecche e verdure. La stessa cosa ha fatto per un certo tempo
l'ex presidente della Repubblica Giuseppe Saragat. Il presi- 10
dente francese Pompidou rinuncia spesso al cibo che ama di
più: dolci al cioccolato. L'ex cancelliere tedesco Kiesinger si è
iscritto a una palestra. L'attrice Sofia Loren prende al
mattino un caffè amaro e a mezzogiorno verdure crude per
poter mangiare la sera spaghetti. Brodino e bistecche è la dieta 15
normale di un calciatore. Più fortunati sono i ciclisti: durante
le gare almeno, mangiano tanto cibo quanto ne mangerebbe un
uomo di normale appetito in diversi giorni.

Corriere dei Ragazzi, gennaio 1972

3. matusa: *Methuselah* (parola usata dai giovani per indicare le persone al di sopra dei vent'anni). 5. ferree: (di ferro) *rigid*.

[24]

PENNE ALL'ARRABBIATA

1 Fate soffriggere con 40 grammi di burro, 100 grammi di
pancetta a dadini; poi unite 150 grammi di funghi a pezzetti.

Aspettate che i funghi comincino a cuocere per aggiungere
200 grammi di pomodoro, mezzo peperoncino a pezzetti,
5 qualche fogliolina di basilico, sale.

Cuocete bene al dente 400 grammi di penne, conditele con
questa salsa e con due formaggi: parmigiano e pecorino,
grattugiati e mescolati in parti uguali.

(per quattro persone)

Pasta Barilla, Parma

Penne all'arrabbiata: *type of macaroni with rich sauce.* 2. a dadini: *in
small pieces (literally: little dice).* 7. parmigiano e pecorino: *parmesan
and sheep's milk cheese.*

[25]

1 C'è un solo testimone oculare, oltre ai poliziotti e al tenente
dei carabinieri che si trovavano nell'ufficio del commissario
Calabresi, del 'salto' che Pinelli fece nel vuoto: è un giornalista
dell'*Unità*, Aldo Palumbo.
5 'Quella notte,' dichiarò in seguito, 'ero di servizio nella sala
stampa della questura. Alle ore 23 e 57, almeno secondo il mio
orologio, che ho guardato all'atto di lasciare la sala stampa,
sono sceso al piano terra dopo aver acceso una sigaretta sulle
scale. Mi sono fermato sotto il portico, incerto se raggiungere
10 gli uffici della volante per chiedere se ci fossero novità.' Sono
certamente trascorsi almeno quattro o cinque minuti, a questo
punto, da quando Aldo Palumbo ha lasciato la sala stampa.

'In quel mentre,' prosegue, 'ho sentito un colpo come di

legno che sbattesse in alto, subito seguito da un grido indistinto
e da una successione di tre tonfi, due più ravvicinati e il terzo 15
più leggermente distanziato. Mi sono reso conto che era
precipitato qualcosa. Ho sollevato gli occhi verso l'alto, dal lato
opposto del cortile, e ho visto dalla penultima finestra sul fondo
verso sinistra ed illuminata, una persona curva oltre la balau-
stra che guardava in basso. L'ho vista girarsi e gridare qualcosa 20
verso l'interno. Tutto si è svolto in pochi secondi.

'Di corsa ho raggiunto l'angolo di sinistra del cortile e ho
scorto nella oscurità la sagoma di un corpo di cui mi è parso di
intravvedere il biancore del viso. Da ciò deduco che fosse
supino. Mi sono avvicinato al corpo percependo alcuni 25
rantoli. Non ho inteso parole. Sono corso alla volante dando
l'allarme. Sono accorse altre persone e tra gli altri ho intrav-
visto il tenente Lograno che era in divisa. Il corpo era sull'aiuo-
la, oltre alla bordura, cioè con il capo, mi sembra, verso il
muro e a circa due metri o poco più dallo stesso. Nel cortile 30
c'era pochissima luce.'

Marco Sassano: *Pinelli: un suicidio di stato*
(Marsilio, 1971)

3. 'salto' che Pinelli fece nel vuoto: Pinelli era un anarchico che fu
arrestato dopo l'esplosione di una bomba alla Banca dell'Agricoltura di
Milano nel dicembre del 1969 che uccise sedici persone e ne ferì novanta.
Pinelli morì in conseguenza di una caduta da una finestra della questura.
Secondo la versione ufficiale egli si gettò dalla finestra. Il libro da cui è
preso questo brano prende in considerazione la teoria molto diffusa che
sia stato spinto giù dalla finestra.   10. volante: *flying squad*.   13. In quel
mentre: in quel momento.

[26]

A Verona si comincia a parlare di calcio o meglio di *football* 1
verso la fine del secolo scorso. È uno sport che già trionfa in
Inghilterra e che compie timidi passi negli altri paesi europei
dove sono migliorate le condizioni economiche della popo-
lazione. Anche in Italia, soprattutto nelle regioni settentrionali, 5

il tenore di vita è cambiato; con lo sviluppo industriale è iniziato il processo economico-sociale, vi è un certo benessere, i lavori non sono più massacranti, vi è un certo 'tempo libero', così si coltivano le discipline sportive.

10 Lo sport, infatti, è un 'passatempo', un 'divertimento', un 'sollazzo', uno 'spasso', come i linguaioli dell'epoca tentavano di definire, italianizzandola, la 'voce' inglese.

In quegli anni nel calcio i forestierismi trionfavano su tutta la linea. Si diceva da tutti *football*; ma chi voleva fare
15 l'inglesino diceva anche *goalkeeper* per 'portiere', *back* per 'terzino' e *forward* per 'avanti'. *Half* e l'ibrido *centro-half*, per 'mediano' e 'centromediano', erano termini allora familiari; lo stesso *free kick* (calcio libero) non faceva paura; *shoot* e *cross* erano voci piane, elementari. Nessuno si sognava di gridare
20 'rrrrrete', ma *goal*, pronunciato *gol*, una voce che è tornata a trionfare nei nostri moderni stadi.

L'Arena, 29 ottobre 1971

13. forestierismi: *foreign words or expressions*. 19. voci piane: voci facili.

[27]

1 VERNEL

sciacqua morbido tutto il bucato
Importante

Vernel si usa nell'ultimo risciacquo. Dopo Vernel non risciac-
5 quate più.

In lavatrice:
basta aggiungere due tappi di Vernel mentre entra l'acqua per l'ultimo risciacquo. Se invece il programma di lavaggio è finito, ripetere l'ultimo risciacquo aggiungendo due tappi di
10 Vernel.

Bucato a mano:
per ogni kg. di biancheria versare un tappo di Vernel nell'ultimo risciacquo.

I Vantaggi Che Dà Vernel

– Vernel aggiunge morbidezza a tutto il bucato (asciugamani, 15
lenzuola, pannolini ed altri capi per neonato ecc.).
– Vernel elimina i residui di lavaggio.
– Vernel rende facilissima la stiratura.
– Vernel elimina l'elettricità delle fibre sintetiche.

Serve per 25 kg. di bucato.   20

7. tappi: *bottle caps.*   16. capi per neonato: *baby clothes.*

[28]

VENTO SUL LAGO

A volta accade che, rabbioso,   1
all'improvviso si risvegli
il vento,
a notte.
Soffia dal lago sulle sponde   5
quiete, e geme, minaccioso.
Allora tremano le imposte,
rabbrividiscono le case buie;
e freddi, nei lettini
i bambini ascoltano, trepidi,   10
gli occhi sbarrati.

Bruna Ghirardelli

[29]

1 Dieci anni di vita – è stato aperto nel 1961 – due piste ed una
terza quasi ultimata, quinto d'Europa dopo quello di Londra,
Parigi, Francoforte, Copenaghen, l'Aeroporto di Fiumicino si
intitola giustamente a Leonardo da Vinci. Ma la statua altis-
5 sima e massiccia del grande scienziato è chiamata irriverente-
mente 'il mostro'. Ci vediamo vicino al 'mostro', dicono qui in
aeroporto. I viaggiatori sostano in attesa di imbarco con la
tranquillità di chi deve salire su un autobus. I padri ci porta-
vano i figli fino a qualche anno fa perchè vedessero da vicino
10 gli aeroplani. Ma per i bambini che trovano ovvia la passeggiata
dell'astronauta sulla Luna, l'aeroplano non ha più interesse.
Qualche vecchia donna del Sud se ne sta raccolta nel suo
scialle nero. I familiari l'accoglieranno con abbracci e baci
rumorosi a Palermo o a Cagliari al termine di una avventura
15 che rimane tale soltanto per lei. Ma gli altri sfogliano
giornali, fumano, alzano la testa alla voce che annuncia i
voli e se qualche apprensione mostrano è che un improvviso
e imprevedibile sciopero provochi ritardi o mandi all'aria il
programma della giornata.

Comunità Europee, luglio 1971

6. Ci vediamo: *we'll meet*. 12. se ne sta raccolta: *is huddled up*. 16–17.
e se qualche apprensione mostrano: e se mostrano qualche apprensione.

[30]

1 Il Chianti è il più famoso dei vini italiani, anzi, rappresenta
l'Italia in campo vinicolo, così come gli spaghetti, per tradizione, la rappresentano in campo gastronomico. La regione
tipica di produzione è quella del Chianti, che si trova in

Toscana, a cavaliere fra il bacino dell'Arno e quello dell'Ombrone. 5

Il primo produttore del Chianti, il suo 'inventore', per così dire, fu un grande statista del secolo scorso, Bettino Ricasoli, che fondò nel suo castello di Brolio una casa vinicola straordinariamente organizzata e 'moderna' per i suoi tempi. Da 10 allora la zona di produzione si è andata via via allargando, tanto che oggi comprende parte delle provincie di Firenze, Siena, Pistoia, Pisa e Arezzo.

Di conseguenza il Chianti esiste in numerose varietà locali. La più nota è il Chianti classico, prodotto nella zona tipica del 15 Chianti.

Lo stemma che contrassegna questo 'vino-principe' riproduce un gallo nero in campo dorato, fra mura e torri merlate.

La gradazione alcoolica del Chianti giovane è 11, 12°, quella del Chianti vecchio è 12, 13° e oltre. Il colore è un vivace rosso 20 rubino, che tende con l'invecchiamento al color mattone, conservando però brillantezza e trasparenza.

Il profumo, vinoso e spiccato, ha un lieve aroma di giaggiolo (l'Iris fiorentina, propria delle terre toscane). Nel Chianti vecchio il profumo è più morbido e raffinato. 25

Il sapore del Chianti giovane (conservato nei fiaschi caratteristici) è asciutto, fresco, un po' frizzante, di pieno corpo e leggermente amarognolo. Già nel Chianti con tre, quattro anni di invecchiamento, conservato in bottiglia, il sapore è ancor più vellutato, caldo e austero. Il Chianti vecchio è un 30 ottimo vino da arrosto di carne rossa e da selvaggina.

Va servito a 20°, in tersi bicchieri di cristallo, pesanti e un po' panciuti.

Casa e cucina (Fratelli Fabbri, 1964)

5. a cavaliere fra: *straddling*.   11. via via: *gradually*.   32. tersi: *shining*.
32–3. un po' panciuti: *i.e. tulip-shaped*.

[31]

1 25 anni: la pace e la rinascita dell'Italia con la Democrazia Cristiana.

Le forze della disgregazione e della violenza vogliono riportarci indietro verso la paralisi. Bisogna batterle.

5 Occupazione, ripresa produttiva, riforme e ordine democratico richiedono un nuovo impegno di partecipazione e di solidarietà con la
Democrazia Cristiana.

Elezioni politiche 1972,
manifesto elettorale della D.C.

[32]

1 *Giustizia per i Pensionati*

Il P.C.I. ha proposto

* Pensioni sociali di 32.000 lire mensili;
* Pensioni contributive minime uguali per tutti – contadini,
5 artigiani, commercianti, lavoratori dipendenti di 40.000 lire mensili;
* Acconto immediato di 25.000 lire a tutti i pensionati sulla revisione della scala mobile che deve essere collegata all'aumento dei salari:
10 * Revisione delle pensioni di invalidità;
* Iscrizione dell'aumento della spesa sul bilancio statale 1972;
La D.C. ha detto NO
ma la lotta resta aperta e sarà vinta dando fiducia al P.C.I.

Elezioni politiche 1972,
manifesto elettorale del P.C.I.

2. P.C.I.: Partito Comunista Italiano. 3. Pensioni sociali: *old-age pensions.* 8. scala mobile: *sliding scale.*

BUGIARDI E CIALTRONI

Abbiamo tardato a rispondere alle bestialità dette e scritte dai 1
cosidetti partiti antifascisti, per lasciare loro il tempo di vomi-
tarsi adosso tutta la bile accumulata dal 13 giugno in poi.
Nell'ultimo anno il nostro partito ha dovuto subire provoca-
zioni di ogni specie. Una nostra sede a Santa Lucia è stata 5
saccheggiata e devastata più volte. Si è tentato di picchiare i
nostri ragazzi che si battono nelle scuole contro il disordine e
l'inefficienza. Ora, da autentici cialtroni quali sono hanno
tentato di montare contro il M.S.I. una squallida e bugiarda
campagna diffamatoria, partendo da una presunta aggressione 10
al Sen. Albarello, ex gerarchetto fascista della bassa Veronese.
Hanno voluto presentarlo come un povero vecchietto picchiato
dai cattivi fascistacci per la sua fede antifascista, ben sapendo
come questo 'gentiluomo' sia già stato denunciato una volta
per aver malmenato un ragazzino di 16 anni. 15

Hanno montato ed orchestrato la gazzarra in Consiglio
Comunale di Verona per impedire al Consigliere del M.S.I.
di spiegare come erano andate realmente le cose. In questa
occasione la polizia ha fermato soltanto quelli che cercavano di
opporsi alla indegna buffonata. Di coloro che l'hanno provo- 20
cata, nessuno è stato fermato, anche se fra questi vi erano
autentici professionisti della guerriglia, calati per l'occasione
da Milano e da Trento.

Elezioni politiche 1972, manifesto elettorale
del M.S.I.

3. 13 giugno: data delle elezioni amministrative del 1971 nelle quali il
M.S.I. (Movimento Sociale Italiano, partito di estrema destra) ottenne
più voti del solito.   8. da autentici cialtroni quali sono: *like the thorough-
going villains they are.*   11. Sen. Albarello, ex gerarchetto fascista (*a
one-time fascist turned liberal; a* gerarca *was a fascist leader, so notice the
ironical* gerarchetto *and similar word-play further on with* vecchietto *and*
fascistacci).   11. bassa Veronese: *lowlands of the province of Verona.*
19. fermato: *detained.*

[34]

1 Ogni giorno, nel corso dell'estate di quest'anno, la Sardegna ha
conosciuto una rapina, o un sequestro di persona a scopo di
ricatto o un omicidio. Ogni giorno un delitto grave, nella zona
circoscritta alla Barbagia, intorno a Nuoro. Dalla provincia di
5 Nuoro, inaspettatamente, il filo della delinquenza si è allungato
fino a Cagliari e più fitte si sono fatte, intorno a Sassari, le
azioni di banditismo che una volta erano rare. In Sardegna si
spara e si uccide, la spirale della vendetta è implacabile: coin-
volge intere famiglie e interi paesi. Leggi antiche, che sembra-
10 vano cadute in disuso, tornano a dominare spietate coinvol-
gendo più numerosi destini umani: in Barbagia la parentela
risale fino alla quarantesima generazione, ogni paese è come
una tribù che si governa da sola e, ovviamente, sente lo Stato
estraneo e nemico.

Michele Tito: *Panorama*, ottobre 1966

2. sequestro di persona: *kidnapping*. 4. circoscritta alla Barbagia:
limited to Barbagia (*a mountainous area in the north-east of Sardinia*).
5. si è allungato: *has stretched*. 6. Cagliari (*capital of Sardinia*).
6–7. e più fitte ... erano rare: *banditry, which was once rare, has become
more frequent around Sassari*.

[35]

1 La colazione del mattino o 'prima colazione' è, almeno in
Italia, il pasto più trascurato della giornata: lo si prepara senza
troppa cura, lo si consuma in fretta, qualche volta addirittura
lo si 'salta'; lo si considera, insomma, poco importante. I
5 medici e i dietisti ripetono da molti anni che tutto ciò è
decisamente sbagliato e che è dannoso alla salute lasciare lo
stomaco pressoché vuoto dalla sera precedente fino al mezzogiorno, quando finalmente l'italiano medio si mette a tavola per

consumare voracemente (per forza!) il suo pasto 'forte'. Ma, oltre che per ragioni di salute, una prima colazione sostanziosa, 10 ben preparata e consumata con un minimo di calma, è importante anche per ragioni psicologiche e pratiche. Per il marito che deve affrontare una giornata di lavoro in ufficio, per lo studente che si prepara ad andare a scuola, per la donna di casa che di solito svolge la mattina la parte più laboriosa dei suoi 15 compiti domestici, la prima colazione oltre a rendere più accettabile la triste realtà di doversi alzare, costituisce la migliore premessa alle ore che stanno davanti, il primo gradevole contatto con il nuovo giorno. E si sa che chi ben comincia ... La prima colazione 'classica', in Italia come in 20 Francia, è costituita da caffelatte (sostituibile con caffè nero o tè) pane (fresco o tostato) burro e marmellata. Naturalmente ci sono poi le variazioni sul tema (yogurt, cioccolata, succo d'arancia). Qualche cosa in più, qualche cosa in meno: ciò dipende dai gusti e dalle esigenze di ciascuno. Ma, di qualun- 25 que genere siano gli ingredienti, quello che più importa, almeno in questa sede, è che la colazione del mattino sia servita e preparata bene, in modo da renderla invitante e piacevole.

Casa e cucina (Fratelli Fabbri, 1964)

4. lo si 'salta': *it is skipped.*   9. 'forte': *literally 'strong', but with sense of 'main'.*   11. Un minimo di calma: *a bare minimum of peace.*   19–20. chi ben comincia ... è alla metà dell'opera (*proverb*).   27. almeno in questa sede: *at least as far as we are concerned.*

[36]

L'ACI ha organizzato il Servizio di Soccorso Stradale, deno- 1 minato Soccorso ACI, per assistere gli automobilisti in difficoltà per incidenti stradali o guasti meccanici. Il Soccorso ACI può essere richiesto, telefonando al 116 in qualsiasi punto del territorio nazionale, in qualsiasi ora del giorno e 5 della notte.

I soci dell'ACI hanno diritto a prestazioni gratuite da parte del Soccorso ACI pagando mille lire a titolo di 'diritto di chiamata' ogni volta che si avvalgono del Soccorso. Per
10 rafforzare questa iniziativa alcuni Automobile Club hanno istituito Centri di Soccorso, gestendoli direttamente.

In autostrada il servizio è garantito dai Centri SAS (Servizio Assistenza Stradale), che dispongono di carrigru-officina, radio-telefono e tutto quanto occorre per eseguire in strada le
15 riparazioni più comuni.

Nei mesi estivi sull'intera rete autostradale italiana è assicurato un servizio di pattugliamento diurno, denominato Assistenza Vacanze. Rientra nei compiti di tale servizio: rifornire gli automobilisti di acqua e di carburante; eseguire
20 riparazioni; fare intervenire, se necessario, il SAS o il Soccorso ACI.

ACI per viaggiare, Italia 1969–1970
(L'Editrice Dell'Automobile)

1. ACI: Automobil Club Italiano.   7. prestazioni: *services*.   9. si avvalgono: *they make use of*.   11. gestendoli: *running them*.   13. carrigru-officina: *trucks with crane and repair equipment*.   14. tutto quanto occorre: *everything necessary*.   17. pattugliamento diurno: *day-time patrols*.

[37]

1 Il Lussemburgo non dispone di un forno crematorio: le famiglie del granducato che desiderano far cremare i loro defunti debbono rivolgersi al più vicino, che si trova in territorio francese, quello di Strasburgo. Ebbene, l'ammini-
5 strazione fiscale francese considera la cremazione come un servizio reso ad un privato e quindi applica a questo la tassa al valore aggiunto, nella prevista misura del 17,6 per cento. Ma non è finita qui la peripezia degna di Courteline. L'ammini-strazione lussemburghese, da parte sua, considera le ceneri che
10 rientrano nel suo territorio come il risultato di un lavoro affidato ad un'impresa straniera con reimportazione del prodotto finito (è proprio la terminologia del regolamento) e

applica una seconda volta la tassa al valore aggiunto. È chiaro che se sussistono ancora intralci per l'unificazione europea, il mercato comune dell'umorismo nero è già realizzato.   15

> Lorenzo Bocchi: *Corriere della Sera*,
> 29 novembre 1971

3. rivolgersi al: *to apply to.*   6. reso ad un privato: *done for a private individual.*   6-7. tassa al valore aggiunto: *value-added tax.*

[38]

A ritardare il matrimonio fra Renzo e Lucia non furono 1 soltanto Don Rodrigo e Don Abbondio; fu anche Alessandro Manzoni, che a dare una definitiva conclusione alla loro storia impiegò quasi vent'anni, dal '21 al '40. Nessun romanzo, credo, fu mai tanto tribolato. Ma un motivo c'era. L'autore non 5 dovette inventare soltanto una vicenda. Dovette inventare una lingua. Questo fu il grande dono che Manzoni fece agl'italiani. Ecco perchè la pubblicazione del libro fu un grande evento nazionale che trascendeva il puro fatto letterario. Ed ecco perchè gli stranieri non sono mai riusciti a comprenderne 10 l'importanza e, anche quando non lo dicono, si stupiscono di quella che noi gli attribuiamo.

> Indro Montanelli: *L'Italia giacobina e*
> *carbonara* (Rizzoli, 1971)

1-2. Renzo ... Don Abbondio: Renzo e Lucia sono i protagonisti de *I Promessi Sposi* di Alessandro Manzoni, il più grande romanzo italiano del diciannovesimo secolo. Il loro matrimonio fu infatti rimandato a causa del desiderio illecito di Don Rodrigo, signorotto del luogo, e della vigliaccheria del parroco, Don Abbondio.

1 'Signorina milanese, trentaseienne, con ottimo impiego, auto
propria, alta 1,68, molto giovanile, sicura moralità, sposerebbe
celibe 40/45enne, alto, buona posizione economica, lavoro
assicurato, residente Milano.'

5 È il problema della solitudine. Gli uomini e le donne che si
rivolgono a una organizzazione specializzata in incontri a
scopo matrimoniale sono più numerosi di quanto si immagini.
La grande città, anche se sembra favorire i contatti sociali, crea
in realtà un esercito di solitari. E Milano non fa eccezione. Ce

10 ne siamo resi conto parlando con la direttrice di una di queste
organizzazioni, l'istituto 'Il Focolare', che pubblica ogni tre
mesi una 'rassegna internazionale per il matrimonio'.

La casistica delle offerte femminili lascia ampia possibilità
di scelta: 'Laureanda in lingue e letterature straniere, 28enne,

15 dote consistente in conto bancario'; 'Sartina 24enne, abile nei
lavori domestici, economa'; 'Ricca vedova sola, condizione
social-finanziaria primordine'; 'Affascinante distintissima
signora 43enne, divorzianda'; 'Illibata nubile 46enne, pugliese, insegnante di ruolo, laureata in chimica'.

20 Gli annunci proseguono con la descrizione sommaria del
possibile candidato. In genere le donne dai 33 anni in su sono le
meno esigenti: per loro è importante che il candidato-marito
sia 'economicamente sistemato' e 'seriamente intenzionato'.
Lo accettano 'anche vedovo con figli'. Le giovani invece non

25 mancano di pretese: lo vogliono laureato, preferibilmente
medico o ingegnere, o anche 'ufficiale di carriera', sensibile,
affettuoso e colto, cinque-otto anni più anziano di loro, di bella
presenza, 'assolutamente non calvo'. Fanno eccezione le
ragazze-madri, che richiedono esplicitamente un vedovo con

30 figli. La categoria più rappresentata è quella delle professoresse
e delle maestre; relativamente poche sono invece le operaie e
le commesse.

La stessa ampia possibilità di scelta offre l'elenco degli
annunci maschili. Moltissimi diplomati (periti, ragionieri),

non pochi operai, un buon numero di professionisti. Tutti 35
vogliono una brava ragazza, di 'ottima moralità', 'futura
amorosa mamma propri bimbi', 'capace dividere per l'intera
vita gioie e angosce del coniuge'. Le altre dòti in ordine di
importanza decrescente, sono: presenza, adeguato livello
culturale, indipendenza economica. Molto richieste le 40
insegnanti. Una condizione piuttosto comune è che la candi-
data-moglie 'non sia una fumatrice'.

Il Milanese, 7 novembre 1971

7. di quanto si immagini: *than one thinks*. 9–10. Ce ne siamo resi conto:
We realized this. 13. casistica: *case histories*. 15. dote consistente in
conto bancario: *dowry consisting of bank account*. 18. divorzianda:
obtaining a divorce. 19. insegnante di ruolo: *teacher with permanent job*.
24–5. non mancano di pretese: *are not lacking in pretensions*. 26.
sensibile: *sensitive*. 34. periti: *industrial specialists*. 40–41. Molto
richieste le insegnanti: le insegnanti sono molto richieste.

[40]

Provinciale, bigotta, all'apparenza tranquilla, Treviso ha ad- 1
dosso l'odore delle cose nascoste. Ne succedono di tutti i colori,
ma è bene non si venga a sapere. È bene mettere tutto a tacere,
tenersi le proprie porcherie tra le mura di casa. Il massimo
consentito, i pettegolezzi. All'ora dell'aperitivo, in Piazza dei 5
Signori, dal frequentatissimo 'Biffi' (specialità: porchetta e
manicatti, cioè grandi bicchierotti di birra al malto), all'elegante bar-gelateria Sommariva che si affaccia sui curvi salici
del Sile, al centralissimo caffè Italia, nelle ricche pasticcerie del
centro, alla Colonna (uno squallido e oscuro locale dove il Clinto 10
viene servito in tazze di terracotta). Treviso nei suoi locali
'bene' mormora, racconta, si spoglia. Ma le storie non vanno
mai fuori da quei circoli chiusi, al massimo diventano sorrisini
allusivi all'indirizzo di altri 'circoli', sul conto dei quali e delle
persone che li frequentano 'se ne sono sentite delle belle'. 15
Treviso viziosa si sveglia alle prime ombre della sera, come

ogni altra città che si rispetti. Alla stazione, sotto il cavalcavia,
ai bar delle autolinee, la prostituzione. Oddio, diciamolo pure,
una mezza dozzina di vecchie baldracche che la danno per un
20 franco, benignamente tollerate dalle autorità locali. Non altro,
ufficialmente. Ma la realtà è un po' diversa: a Treviso, che è
una buona piazza, calano spesso a frotte battone da ogni parte
d'Italia. E fanno affari d'oro, in special modo coi giovani e
numerosi rampolli di industriali e possidenti locali che sfrec-
25 ciano con le loro potenti vetture sportive alle ore piccole, per
le strade di Treviso.

Gabriele Mori: *Veneto Sette*, 9 novembre 1971

2. di tutti i colori: *all sorts of things*.   3. ma è bene non si venga a sapere:
but it's better not to let people know about them.   3. È bene mettere tutto
a tacere: *it's better to hush everything up*.   6. 'Biffi': nome di un caffè.
10. Clinto: nome di vino.   15. 'se ne sono sentite delle belle': '*there have
been some fine stories*'.   18. autolinee: *bus stations*.   18. Oddio, diciamolo
pure: O Dio (*approximately with the sense of well*), *we might as well say it*.
19–20. vecchie baldracche che la danno per un franco: *ropy old whores
who do it for practically nothing* (franco *is often used in dialect for* lira).
22. calano spesso a frotte battone: *whores often flock in*.   24–5. sfrecciano:
speed.

[41]

1 Che la salute di Pirandello andasse declinando, cominciammo
ad accorgercene noi suoi amici quando egli ci lesse, come era
consuetudine della sua generazione, una delle ultime sue commedie, *Non si sa come*. Gli ballava il foglio davanti agli occhi, e
5 la sua dizione di attore esperto non era più quella, ma confusa
e senza la virtù che gli conoscevamo. La rappresentazione di
quella commedia, davanti a un pubblico non convinto ma
reverente, ricordo mi diede un malessere. Gli spettatori
credettero di doversi scuotere al pezzo che descrive una
10 lucertola, che è un bel pezzo di prosa e di bravura, e profit-
tarono per fargli un grande applauso. Ero in un palco di
proscenio e ricordo le prime file delle poltrone col pubblico

attento ma come a una cerimonia. Credo sia triste per uno
scrittore quando termina l'età della lotta, e il pubblico lo
festeggia là dove un tempo avrebbe dato torto. Non so se 15
Pirandello lo avvertisse. Ma in quei giorni era inquieto.
Pensava di trasferirsi a Milano. Invece si ammalò. Lo vidi
proprio quel giorno di novembre del 1936 che tornava dall'aver
assistito in un teatro di posa alla ripresa di un film tratto da un
suo romanzo: aveva i brividi, camminava su e giù per lo studio, 20
impaziente come tutte le volte che subiva un contrattempo. Gli
stavano preparando il letto. In quel letto pochi giorni dopo
moriva.

Corrado Alvaro: Prefazione, *Novelle per un anno*
di Pirandello (Mondadori, 1956)

6. senza la virtù che gli conoscevamo: *without his old skill.*   9. credettero
di doversi scuotere: *felt they should show their appreciation.*   11–12. palco
di proscenio: *stage box.*   15. avrebbe dato torto: *it would have blamed
him.*   19. teatro di posa: *film studio.*   19. tratto da: *made from.*

[42]

Giorgio Almirante, il numero uno del M.S.I., parla ormai di 1
strategia per la conquista del potere; il successo elettorale in
Sicilia lo ha reso euforico, i suoi proclami sono ambiziosi.
'Siamo il partito che l'Italia anticomunista aspettava,' 'Racco-
glieremo i voti non solo del malcontento, ma dello sdegno e 5
della rabbia,' 'Se ci chiamano fascisti ci fanno un complimento,
siamo fascisti e ci battiamo per salvare l'Italia dai nefasti della
democrazia.' E i suoi collaboratori affermano: 'Camerati, la
palla è passata nelle nostre mani. I comunisti non hanno più
niente da dirci. Oggi la palla è alla destra che rifiuta la libertà 10
democratica, e noi sapremo giocarla bene.'
La prima mossa strategica del M.S.I. è stata di creare un
Fronte della Gioventù, etichetta rubata alla sinistra, riunendovi
tutte le sue organizzazioni studentesche e operaie, un Fronte

15 che abbraccia iscritti ma anche aderenti, e vuole assorbire i
molti gruppi che ufficialmente agivano sotto insegne proprie, a
Trento, Milano, Varese, Roma, Napoli, Reggio, eccetera ma in
sostanza gestivano la violenza neofascista su appalto del M.S.I.
Il Fronte è stato varato da poche settimane. E subito il partito
20 ha raccolto i suoi dirigenti in un campo-scuola di aggiorna-
mento politico sul litorale di Pescara, a Montesilvano: grande
albergo, piscina, saloni per le conferenze, guardie alle porte,
orari inflessibili. Ci sono cinquecento fra ragazzi e ragazze. E
tutti guardano al futuro con gli occhi del passato: di un regime
25 sepolto dalla guerra che aveva acceso.

Aldo Santini: *L'Europeo*, 14 ottobre 1971

1. M.S.I.: Movimento Sociale Italiano (*the heir of the fascist movement*).
7. nefasti: *iniquities*. 15. aderenti: (*in this case*) *fellow travellers*. 16.
sotto insegne proprie: *under their own banners*. 18. gestivano ...
M.S.I.: *administered neo-fascist violence on behalf of the M.S.I.*

[43]

1 La tredicesima, indipendentemente dal suo ammontare, non
è più quella specie di dono d'una fata, che doveva essere forse
nello spirito di chi la ideò, quel gesto munifico, quasi impre-
visto anche se noto, del datore di lavoro verso il lavoratore,
5 come una grazia eccezionale, uno squisito di più, il corona-
mento pingue di un anno di lavoro, il 'corno di abbondanza'
che, con un atto più gentile e più largo di quel che comporti la
sua portata materiale, la società dà all'uomo che ha lavorato
per essa.
10 Lo spirito della tredicesima era questo: un denaro in più, un
guadagno atteso e inatteso al tempo stesso, carico di gioia e di
speranza, una consolazione, un sorriso nella mediocre vita
quotidiana. Ora, temo che la tredicesima stia perdendo questo
spirito; non voglio dire però che ne perda l'utilità. Può darsi,
15 anzi, che nella veste più grigia che essa ha assunto, sia ancora
più utile di quel che sarebbe stata se avesse conservato intera-

mente gli aspetti originari d'una gratifica prodigiosa oltrechè festosa. Sta cessando una certa poesia della tredicesima. Le risposte che mi hanno dato tutti coloro che ho interrogato dimostrano che la mensilità di fine anno è ormai una parte 20 normale, e calcolata in anticipo, del bilancio di spese e dell'emolumento annuo. Il fascino della tredicesima si è estinto mentre essa, diventando normale e consueta, diventava più indispensabile.

Riccardo Forte: *Meridiano 12*, gennaio 1963

1. La tredicesima: *Christmas bonus – an extra month's pay.* 1. indipendentemente dal suo ammontare: *apart from how much it is.* 3. di chi la ideò: *of whoever thought of it.* 4. datore di lavoro: *employer.* 11. carico di: pieno di. 17. oltrechè: *as well as.* 20. mensilità: *month's payment.*

[44]

MONSIGNORINO: È la prima volta che succede una cosa 1 simile in . . . Vaticano.
DALLORO [*che non deve aver udito l'ultima parola*]: Eh?
MONSIGNORINO: Qui in Vaticano è la prima volta!
DALLORO: Non sarà l'ultima. 5
MONSIGNORINO: I ladri in Vaticano! – Vedo già i titoli dei giornali.
DALLORO: Voi vi preoccupate dei titoli sui giornali! Naturalmente. Invece di studiare San Tommaso, voi leggete i giornali. 10
MONSIGNORINO: Ci sarà uno scandalo, Eminenza: posso assicurarvelo.
DALLORO: Che è successo in fin dei conti? Fatemi un rapporto preciso, ma senza perder tempo in chiacchiere. Voglio rendermi conto se sapete separare il 'sostanziale' 15 dal 'accidentale'.
MONSIGNORINO: Stamattina abbiamo trovato aperta la cassaforte 'Splendid'.
DALLORO: Quella che nessuno poteva aprire!

20 MONSIGNORINO: Ce l'avevano assicurato, Eminenza. Era il
dono del clero americano.

DALLORO: Lo so bene, lo so bene! Ci hanno regalato la cassaforte, e nello stesso tempo ci avranno anche regalato il
gangster che poteva aprirla!

25 MONSIGNORINO: Eminenza!

DALLORO: Dov'era, esattamente, questa cassaforte ...
'Splendid'?

MONSIGNORINO: Nella stanza blindata delle nostre care
'Opere Cattoliche'. Il luogo certamente più sicuro.

30 DALLORO: Difatti sono entrati e l'hanno aperta.

MONSIGNORINO: Nella notte, Eminenza.

DALLORO: Volevate che venissero a mezzogiorno! Ma state
tranquillo che sarà per la prossima volta. Che c'era
dentro?

35 MONSIGNORINO [costernato]: Tutto.

DALLORO: Che vuol dire tutto? Non dite sciocchezze!

MONSIGNORINO: Eminenza, da qualche tempo era stato
messo tutto lì. Sembrava il luogo più sicuro.

DALLORO: Bravi! Ma bravi! Un bello scacco per i miei
40 confratelli amanti delle novità. Date subito la notizia al
Cardinal Monelli che vorrebbe sostituire i ceri con le lampa-
dine elettriche e le campane con i dischi. Se badassimo a lui
faremmo santo Marconi.

MONSIGNORINO: Ma che si deve fare, Eminenza?

45 DALLORO: Niente! Mi pare che abbiano già fatto tutto!

MONSIGNORINO [un po' piccato]: Dare subito la notizia o no?

DALLORO: A chi? al Papa? Lasciamolo in pace finchè si può,
poveretto. Ha già tante seccature.

MONSIGNORINO: Volevo dire la stampa. Un comunicato
50 ... Insomma far sentire che non si è stati presi alla
sprovvista, ma si fronteggia la situazione ...

DALLORO [beffardo]: Ho capito: voi siete di quelli che
chiudono la stalla quando sono già scappati i buoi.

MONSIGNORINO [stridulo]: Vostra Eminenza sottovaluta la
55 stampa!

DALLORO [lo fissa, gli punta contro l'indice]: Scommetto che
l'avete già fatto il comunicato?

44

MONSIGNORINO [*spaurito*]: Non io ... non io ... – Ma le
'Opere Cattoliche' stanno proprio di faccia all'*Osservatore
Vaticano*, e non è stato possibile impedire ... I giornalisti, 60
Eminenza, sono tutti gli stessi: laici o sacerdoti. Una
notizia è una notizia; forse l'Eminenza vostra non se ne
rende abbastanza conto!

DALLORO: Aaaah! Quando il clero non sa più custodire un
segreto è la fine! Non siete preti, voi, ma donne di servizio 65
che si raccontano ogni mattina i guai dei padroni! – Aaaah!
[*cambia*] Che cos'hanno rubato?

MONSIGNORINO: Stanno facendo lo spoglio ...

DALLORO: E quando sarà finito questo spoglio?

MONSIGNORINO: Forse è già finito a quest'ora ... forse tra 70
poco ...

DALLORO: Forse, forse ... è la parola che piace di più al
giovane clero: 'forse'! Possibile che non si sappia se han
portato via documenti importanti, compromettenti?

MONSIGNORINO: A prima vista parrebbe di no, ma ...   75

DALLORO [*motteggiando*]: Ma! Forse ... ma! Ho capito!
Anche stavolta dovrò occuparmene io personalmente, e a
quest'età! Fate subito sgombrare i locali delle 'Opere
Cattoliche'. Via tutti. Scenderò io. Non voglio veder nessuno.
Nessuno! E silenzio ...   80

E comunicate 'in cifra' al clero americano che d'ora in poi
invece di casseforti e di dollari si decidano una buona volta
a regalarci un santo – uno che è uno! – che finora non ci son
riusciti! [*brontola*.]

Abbiamo fatto di tutto per trovarne uno ... niente, 85
niente da fare! Anche ad essere indulgenti, anche a chiudere
un occhio sulle virtù eroiche, non c'è; e non si può mica
fabbricare un santo su niente! Su queste cose, la Chiesa non
scherza, se Dio vuole! Un santo deve essere un santo,
magari piccolo, ma santo. Diteglielo agli americani. Altro 90
che cassaforte!

Diego Fabbri: *Lo scoiattolo* (Vallecchi, 1964)

1. MONSIGNORINO: *the little monsignore.* 13. in fin dei conti: *after
all.* 39. Un bello scacco: *a fine blow.* 50–51. alla sprovvista: *by*

45

surprise. 52–3. quelli che chiudono . . . buoi: *those people who shut the stable door after the horse has bolted.* 56. lo fissa: *looks at him fixedly.* 67. cambia: cambia tono. 68. Stanno facendo lo spoglio: *they're checking.* 77–8. a quest'età!: alla mia età! 81. 'in cifra': '*in cipher*'. 86. niente da fare!: *nothing doing!* 89. se Dio vuole: *fortunately.* 90. magari piccolo: *small perhaps.* 90. Diteglielo agli americani: *tell the Americans that.* 90–91. Altro che cassaforte!: *and the hell with safes!*

[45]

1 L'evoluzione della tecnica di progettazione e di produzione Vi consente di guidare subito la Vostra nuova FIAT 125 SPECIAL senza la necessità di seguire norme troppo impegnative durante il primo periodo d'impiego.

5 È opportuno tuttavia osservare alcune semplici prescrizioni almeno per i primi 1500 km.:

— evitare brusche accelerazioni durante il riscaldamento del motore dopo l'avviamento (norma che è opportuno seguire sempre);

10 — avere l'avvertenza di non premere a fondo per lunghi periodi di tempo il pedale acceleratore ed anche nell'uso delle marce inferiori non far funzionare il motore ad un numero di giri troppo elevato: cioè non raggiungere i minimi massimi di velocità per ogni marcia riportati sul

15 tachimetro con tacche colorate (per le vetture fornite di contagiri, a richiesta, la lancetta non raggiunga mai la zona gialla degli alti regimi);

— guidare a velocità variabile e ciò particolarmente nei lunghi percorsi. Evitare pertanto di percorrere lunghi

20 tratti a velocità costante sia essa elevata o ridotta;

— passare per tempo alla marcia inferiore in relazione alle condizioni del percorso. Si eviterà così di affaticare il motore ad un regime di giri troppo basso;

— evitare, se possibile, frenate troppo energiche per le prime

25 centinaia di chilometri. Il materiale frenante si assesterà meglio e migliorerà la sua durata ed efficacia;

— non sostituire l'olio di cui è fornito il motore con altro olio
prima dei 1500–2000 km. (operazione inclusa nel tagliando
A della 'Tessera di garanzia').

Fiat, Torino (1971): *Servizio, norme
e manutenzione*

16–17. la zona gialla degli alti regimi: *the yellow part indicating a high
number of revolutions*.   28. tagliando: *coupon*.

[46]

Ma altre sorprese nacquero, quando, a sepoltura avvenuta, si   1
cominciò a far la pulizia e l'inventario di quanto zia Marietta
aveva lasciato nelle sue stanze.

Per prima cosa, si scoprì che uno scrigno alto, tutto chiuso,
con una ribalta in fronte, nel quale ella non aveva mai con-   5
sentito a nessuno di mettere il naso (portava sempre tutte le
chiavi con sè e le teneva sotto il cuscino del letto, durante la
notte), non conteneva nè oro, nè argento, nè valori; ma una
botticella di vin bianco. Presso la spina, c'era il bicchierotto di
cristallo che, evidentemente, serviva alle segrete libagioni di   10
zia Marietta.

Nessuno ricordava di averla mai vista ebbra. Anzi, passava
per quasi astemia; chè, a tavola, non beveva più di due dita di
vino.

Il suo fattore, misterioso uomo che, spesso, le portava i   15
rendiconti delle terre che possedeva (raggiungeva, per un'entrata diretta, le stanze della zia), confessò che egli sostituiva il
bariletto di vino vuoto con quello di vino pieno, ogniqualvolta la
zia glielo richiedeva. Ma l'intera verità non la sapeva nemmeno
il fattore: la zia soleva dirgli: 'Non è per me, questo vino. Ma   20
per il cappellano, per la messa.'

Antonio Barolini: *L'ultima contessa di famiglia*
(Feltrinelli, 1968)

1. a sepoltura avvenuta: *after she had been buried.* 9. botticella: *small keg.* 9. spina: *tap.* 9. bicchierotto: *largish glass.* 12–13. passava per quasi astemia: *she was thought to be almost teetotal.* 15. fattore: *bailiff, estate manager.* 18. ogniqualvolta: *whenever.*

[47]

NESSUNO

1   Io sono forse un fanciullo
che ha paura dei morti,
ma che la morte chiama
perchè lo sciolga da tutte le creature:
5   i bambini, l'albero, gli insetti;
da ogni cosa che ha cuore di tristezza.
Perchè non ha più doni
e le strade sono buie,
e più non c'è nessuno
10   che sappia farlo piangere
vicino a te, Signore.

Salvatore Quasimodo: *Ed è subito sera*
(Mondadori, 1942)

4. perchè lo sciolga: *so that it may free him.*

[48]

1 Come sia in realtà Togliatti non sono mai riuscito a capire. L'espressione sul volto, quando parla con me, non è mai mutata: immobile, guardinga, di chi non si lascia conquistare facilmente da nessuno, come quando arrivò a Roma dopo la 5 liberazione. Gli occhi, sotto le palpebre pesanti, dietro gli occhiali di studioso, non esprimono altra emozione che l'attenzione cauta e l'attesa. Dirigenti comunisti e deputati di

altri partiti che lo avvicinano raccontano invece che egli è capace di momenti di calore, di allegria, e di abbandono. Renato Guttuso, pittore del Partito, dice: 'Con gli altri mi 10 sento spesso impacciato. Con lui parlo come con me stesso, o con mia moglie, perchè mi mette a mio agio.' I collaboratori stranieri del Comintern, nei loro ricordi, lo descrivono freddo, silenzioso, e impenetrabile, che puliva a lungo gli occhiali e fumava la pipa nei momenti difficili, perfetto strumento di 15 qualsiasi politica. Chi è stato con lui nella guerra di Spagna o nel suo primo viaggio a Milano, nella primavera del 1945, lo dice capace di crudeltà spietate, quando è necessario, di ordinare la morte degli avversari senza esitare.

Luigi Barzini: *I comunisti non hanno vinto* (Mondadori, 1955)

12. mi mette a mio agio: *he puts me at my ease.*

[49]

Aveva una voce di scolara pedante, che recita senza espres- 1 sione, meccanicamente, con intonazione affannata e singhioz- zante. Ma camminava e, pur camminando, continuava a recitare le terzine, fermandosi sulle rime, senza alcun riferi- mento sintattico o di significato, come fanno appunto gli 5 scolari più zelanti che intelligenti. Ogni tanto si voltava a guardarlo di sfuggita, graziosa, simile veramente ad una scolara, con il suo zucchetto bianco e azzurro posato sopra i capelli biondi. Percorsero così un buon tratto del sentiero e arrivarono al muro di cinta di una grande villa. Il muro, 10 vecchio e coperto di edera, traboccava, in cima, dei rami fronzuti di un bosco di querce. Simona concluse: 'E caddi come l'uom cui sonno piglia'; e quindi, voltandosi, domandò: 'Chi ci abita in questa villa?'

'Ci abitava Axel Munthe . . . è morto.' 15
'Che tipo era Axel Munthe?'

'Un furbacchione,' disse Giacomo. E per divertirla, sog-
giunse: 'Era stato il medico della società elegante romana
alla fine dell'ottocento . . . per darti un'idea di che tipo fosse,
20 potrei raccontarti un aneddoto che mi hanno dato per vero . . .
vuoi sentirlo?'

'Sentiamo.'

'Un giorno,' incominciò Giacomo, 'venne da Munthe una
signora giovane e bella, molto mondana e svaporata, che si
25 lamentava di mille mali tutti immaginari . . . Munthe l'ascoltò
con deferenza, l'esaminò minuziosamente e comprese che la
signora non aveva alcuna malattia . . . allora le disse: "Ho una
cura infallibile, ma lei deve fare quanto le ordino . . . vada ad
affacciarsi a quella finestra, coi gomiti in fuori, sul davanzale."
30 La signora ubbidì e Munthe, presa la rincorsa, le assestò un
formidabile calcio nel sedere . . . quindi l'accompagnò alla
porta dicendole: "Tre volte alla settimana . . . vedrà che in
capo ad un paio di mesi, sarà del tutto guarita." '

Simona non rise ma osservò con amarezza, dopo un mo-
35 mento, guardando al muro di cinta: 'Questa è la cura che ci
vorrebbe per me.'

Alberto Moravia: 'Luna di miele, sole di fiele',
    dai *Racconti* (Bompiani, 1952)

2–3. affannata e singhiozzante: *breathless and choking.*   3. pur: *although.*
4. terzine: *triplets* (sta recitando Dante).   6–7. a guardarlo di sfuggita:
to look at him, quickly.   8. zucchetto: *little hat.*   10. di cinta di: *sur-
rounding.*   11–12. traboccava . . . querce: *overflowed, at the top, with the
leafy branches of an oak wood.*   12–13. 'E caddi come l'uom cui sonno
piglia': '*And fell like a man overwhelmed with sleep*' (*last line of the third
canto of the* Inferno).   17. Un furbacchione: *a wily one.*   24. svaporata:
languida.   30–31. presa la rincorsa . . . sedere: *took a good run and
planted a hefty kick on her behind.*   32–3. in capo ad un paio di mesi: *at
the end of a couple of months.*

[50]

Secondo le autorità ecclesiastiche, il fenomeno che da circa un 1
anno si manifesta nell'abitazione dell'ex sindaco comunista di
Maropati, avvocato Giovambattista Cordiano, è un 'fenomeno
soprannaturale'. Gli ultimi dubbi sono stati dissolti dàll'esito
degli esami di laboratorio eseguiti sul sangue che sgorga da un 5
quadro della Madonna di Pompei, appeso ad una parete della
camera da letto del professionista calabrese, e dalle innumerevoli testimonianze di religiosi e fedeli affluiti nel piccolo
centro reggino da ogni parte d'Italia. Nulla di ufficiale,
naturalmente, mentre si è in attesa di ulteriori conferme e 10
della sentenza definitiva del processo che, a quanto si dice,
dovrebbe essere istruito nei prossimi giorni dal Vaticano.

La commissione nominata nel maggio scorso dal vescovo di
Mileto, monsignor De Chiara, ha stabilito che il sangue è
effettivamente sgorgato dal vetro che ricopre l'immagine della 15
Madonna. La stessa commissione ha stabilito inoltre che il
fenomeno ha continuato a verificarsi anche dopo che la
magistratura aveva fatto apporre i sigilli al quadro. Il sangue,
umano, ma di caratteristiche imprecisate, scendendo a rivoli
lungo la parete, forma delle croci irregolari che scompaiono 20
senza lasciare traccia dopo un certo periodo di tempo. Sulla
formazione di queste croci decine e decine di testimoni hanno
sottoscritto delle dichiarazioni che saranno sottoposte al vaglio
dei giudici ecclesiastici.

Gente, 6 novembre 1971

4. dissolti: (*in this case*) *dispersed.* 9. reggino: di Reggio Calabria.

1 'Il giorno di Natale dell'anno scorso,' riprese Annina, 'pranzai
con Luigi, in un ristorante fuori Porta S. Paolo. Quel giorno
egli era insolitamente calmo, di buon umore, quasi spensierato,
come una volta. Da molto tempo non eravamo stati un po' soli,
5 perciò l'invitai a venire da me, in un piccolo appartamento che
allora avevo a via del Governo Vecchio, per passare assieme il
pomeriggio. Per strada comprammo dei fiori, delle frutta, dei
dolci, una bottiglia di Marsala. Egli mi stava aiutando a
disporre i fiori in un vaso, quando fu bussato alla porta, che
10 avevamo chiuso a chiave. "Chi è?" domandai. Fu risposto:
"La polizia." Subito Luigi cominciò a tremare. Per non cadere
si sedette su di una sedia; mi fece cenno di non aprire. Ma i
colpi alla porta divennero sempre più violenti. "In carcere non
ci torno," egli mormorava. "Mi butto dalla finestra, ma in
15 carcere non ci torno." Sotto le spinte dei poliziotti, intanto la
porta quasi crollava. Ora dovete sapere che in quell'appartamento io disponevo di un piccolo terrazzo, e dal terrazzo era
facile arrampicarsi sul tetto. Feci cenno dunque a Luigi di
rifugiarsi sul tetto. Appena egli sparì, aprii la porta. Entrarono
20 due poliziotti, il pugliese e un altro più giovane, che non
conoscevo. Non servì a nulla che negassi. Essi sapevano che il
mio amico era da me perchè ci avevano visti tornare a casa
assieme. Cercarono sotto il letto e nell'armadio. Il pugliese
disse: "Se non è in camera deve essere sul tetto." Io sbarrai la
25 via del balcone. "Voi non l'arresterete," dissi. "Arrestate me,
ma non lui." I poliziotti cercarono di allontanarmi con la forza,
ma io resistevo con i pugni i calci i morsi. "Voi non l'arresterete," ripetevo. "D'accordo, ma a una condizione," mi
rispose il poliziotto pugliese. "A qualunque condizione," dissi.
30 Avrei dato con piacere anche la vita per salvare il mio amico
dal carcere; ma i poliziotti pretesero da me qualcosa di più. Non
so quanto tempo essi restassero. Ricordo solo, molto più tardi,
la voce di Luigi dietro le imposte semichiuse del balcone. "Sono
partiti?" mi domandava. Egli entrò nella camera. "Che fai,

dormi?" mi domandò. Si avvicinò alla finestra e si sporse per 35
vedere se la casa fosse piantonata. "Per strada non c'è nessuno," disse soddisfatto. Prese un biscotto dal tavolo e lo
mangiò. Andò alla porta a origliare se qualcuno fosse per le
scale. Poi venne verso di me. "Che fai, dormi?" mi domandò
ancora. Io ero coperta da un lenzuolo, ed egli mi scoprì. Mi vide 40
nuda; sulle lenzuola vide le tracce dei due uomini. Fece una
smorfia di schifo. "Puttana," mi gridò; sputò sul letto; buttò a
terra tutto quello che avevamo comprato assieme per festeg-
giare il Natale; rovesciò la macchina da cucire; scagliò la
bottiglia di Marsala contro il grande specchio che andò in 45
frantumi. E partì sbattendo la porta. Io non feci alcun gesto,
non dissi una parola. Quello che era successo, era successo.'

Ignazio Silone: *Vino e pane* (Mondadori, 1955)

3. spensierato: *carefree*. 8. Marsala: vino liquoroso della Sicilia.
13. sempre più violenti: *more and more violent*. 20. il pugliese: *the
policeman from Puglia (in the extreme south-east of Italy)*. 21. Non servì
a nulla che negassi: *it was useless for me to deny it*. 36. fosse piantonata:
was being watched. 38. origliare: ascoltare dietro la porta.

[52]

PERCHÈ TANTI PARTITI POLITICI
IN ITALIA?

Perchè la democrazia italiana è un fatto molto più recente 1
della democrazia inglese; perchè gli italiani hanno carattere
fortemente individualista; perchè nella costituzione italiana
non è previsto un MINIMO di voti per poter essere rappre-
sentati in parlamento (come accade nella Germania Occiden- 5
tale).

Il voto universale (agli uomini e alle donne) è soltanto del
1946, e una vera democrazia in Italia si può dire sia sorta
soltanto dopo la Liberazione. Sono dunque appena 25 anni, di
fronte ai 200 anni di democrazia americana, e ai 750 della 10
democrazia inglese (se partiamo dalla 'Magna Carta').

Fino al 1919, per lo scarso numero di cittadini aventi diritto al voto, oppure per i sistemi elettorali, o per altre ragioni storiche, i partiti politici non esistevano – tranne il partito
15 socialista. Nel 1919 si iniziò un sistema elettorale nuovo, che diede notevole importanza ai partiti; ma, se questo fu un vantaggio per certi aspetti, scatenò le ambizioni di molti capi politici, che organizzarono partiti numerosissimi che, lottando fra di loro, contribuirono ad aprire la via al Fascismo.
20 Anche la Francia, del resto, ha avuto, fino a De Gaulle, un'uguale abbondanza di forze politiche spesso senza significato; così pure la Germania prima di Hitler. Purtroppo le esperienze degli altri popoli non hanno insegnato molto agli italiani.
25 Avendo un partito comunista così forte, e un partito socialista tendente ad allearsi con esso, un sistema bi-partito in Italia è impossibile, in termini democratici. Non dimentichiamo poi il Movimento Sociale ed il Partito Socialista di Unità Proletaria, chiaramente fuori della democrazia. Tutto questo
30 rende assai difficile uno 'scambio' di forze politiche al potere nel Paese.

Sen. Paride Piasenti (1971)

28. Movimento Sociale: partito di estrema destra tendente verso il fascismo.   28–9. Partito Socialista di Unità Proletaria: partito di estrema sinistra tendente verso il maoismo.

[53]

1 Come mai in una cittadina di sette o ottomila abitanti ci fosse un così buon Casino, si spiega col fatto che Luino è luogo di confine, con una guarnigione d'almeno un centinaio di guardie di finanza sparse nel territorio, con molti comandi
5 della Benemerita e un numeroso personale ferroviario italiano e svizzero. Dalla Svizzera vicina poi, dove mancava la comodità del Casino, affluivano molti che venivano a Luino solo per quello. Si distinguevano a vista d'occhio dentro il Casino per la

loro discrezione e per l'aria un po' mortificata che prendevano: pareva volessero farsi perdonare l'uso di un nostro privilegio 10 o forse addirittura delle nostre donne. Le sentivano proprio nostre ed avevano la sensazione di cornificarci, tanto che accettavano quasi con piacere la doppia tariffa richiesta da Mamarosa, certo con un intento di riparazione morale e non per avidità di guadagno. 'Ul casott da Luin', come dicevano 15 gli svizzeri, fu per loro un bel punto di contatto con l'Italia, e per Mamarosa un vanto che la metteva fra gli esportatori; ed anche una buona fonte di guadagno, così che pur avendo abbandonato la grande 'piazza' di Milano, non aveva – come si dice – voltato le spalle al pane: 'Chi volta el cu a Milan volta 20 el cu al pan.'

Piero Chiara: Il piatto piange (Mondadori, 1962)

2. Casino: *brothel* (*a gaming house in Italian is* casinò, *with the stress on the last syllable*). 4. guardie di finanza: *customs officers*. 5. la Benemerita: i carabinieri. 12. cornificarci: *cuckolding us*. 14. Mamarosa: *abbreviation of* Mamma Rosa, *the Madame*. 15. 'Ul casott da Luin': *the brothel in Luino*. 18. pur: *although*. 19. 'piazza': *market*. 20–21. 'Chi volta el cu a Milan volta el cu al pan': (*Milanese dialect*) 'He who turns his back on Milan turns his back on a living'.

[54]

I più buoni spaghetti che mai abbia mangiato in vita mia, li 1 assaggiai tanti e tanti anni fa, in casa di un amico; ed erano privi di ogni condimento. Il figlio maggiore, non so bene che malattia avesse, lo trovai a tavola verso il tramonto, che mangiava con gusto spaghetti al dente solo lessati. Volli 5 assaggiarli. Mai nulla di più buono. Forse sarà stata la qualità; ma la qualità è il primo e più essenziale condimento di ogni vivanda, signori miei!

Io, insomma, non amo il ragù, di cui tanti e tanti son ghiotti, greve di quel tritume di carne, di pezzetti di prosciutto, magari, 10 e grasso d'olio, quanto scarso di sugo: molto superiori gli spaghetti lessati in acqua giusta di sale, e serviti caldi, così come sono.

D'estate, certo, non è facile resistere allo splendore rosso dei
15 pomodori; e allora preparatevi una salsa con qualche fettina di cipolla, tagliata fina fina, pomodori sammarzano lavati e interi, sale quanto basta. Lasciate cuocere finchè anche la cipolla si sia sfatta, e passate tutto al setaccio. Un rametto di basilico crudo e un po' di olio crudo. Coprite ermeticamente e attendete l'ora
20 di pranzo, quando gli spaghetti saranno al dente. Togliete il coperchio, levate il basilico che ha già stimolato la salsa con tutto il suo profumo, e condite. Chi vuole, mescoli anche del parmigiano grattugiato.

Direi che non c'è condimento più gustoso se avessi l'animo
25 di celarvene un altro ancora più buono e più semplice (e affermo perentoriamente che è più buono perchè è più semplice).

Prendete dei pomodori maturi, tagliateli a pezzetti piccoli piccoli, aggiungete del prezzemolo, un paio di spicchi di aglio,
30 a fettine sottili, un po' di sale, olio, macinateci del pepe, e strizzateci un po' di limone. Fate macerare per alcun tempo, e quando gli spaghetti saranno cotti, conditeli così senza aggiungere altro.

Ai vostri nemici servite il ragù.

Luigi Volpicelli: *L'Apollo bongustaio*
(Il Nuovo Cracas, 1967)

5. al dente: *a little underdone.* 9. ragù: *meat sauce.* 10. greve di quel
tritume di carne: reso pesante dalla carne macinata. 16. pomodori
sammarzano: tipo di pomodori napoletani. 18. sfatta: molto morbida.
24–5. se avessi l'animo di celarvene un altro ancora più buono: (*approximately*) *if I were unkind enough to conceal another and even better one from
you.* 31. alcun tempo: un po' di tempo.

Chi non ricorda, a Ferrara, la notte del 15 dicembre 1943? Chi   1
potrà mai dimenticare, finchè avrà vita, le lentissime ore di
quella notte? Fu una veglia angosciosa, interminabile, per
tutti; con gli occhi che bruciavano fissi a scrutare attraverso le
fessure delle persiane le vie immerse nel buio dell'oscuramento;   5
col cuore che sobbalzava ogni minuto al crepitio delle mitragliatrici, o al passaggio repentino, anche più fragoroso, dei
camion carichi di uomini armati.

> A noi la morte non ci fa paura,
> viva la morte e viva il cimitero ...   10

cantavano invisibili nel buio, passando lungo le strade deserte,
gli uomini dei camion. Era un canto cadenzato ma non
marziale: disperato anche esso.

L'annuncio dell'assassinio del Console Bolognesi, l'ex
Segretario Federale – lo stesso che dal settembre, dopo   15
la parentesi del periodo badogliano, era stato chiamato a riorga-
nizzare la Federazione in qualità di Reggente – si era diffuso in
città nel primo pomeriggio del giorno 15. La radio poco più
tardi aveva dato i particolari: la Topolino ritrovata lungo una
strada di campagna, nei pressi di Copparo, lo sportello di   20
sinistra aperto; il capo della vittima reclinato sul volante,
'come se dormisse'; il 'classico' colpo alla nuca, 'più rivelatore
di una firma'; e lo sdegno, 'l'ondata irrefrenabile di sdegno',
che la notizia, appena comunicata, aveva destato a Verona, in
seno all'Assemblea Costituente della Repubblica Sociale,   25
adunata in Castelvecchio. Verso sera, anzi (una sera livida, i
suoni attutiti dalla nebbia e dalla neve caduta a intermittenze
durante l'intera giornata, nessuno per le strade, la gente
costretta nelle case dal coprifuoco decretato per le cinque), si
era potuta ascoltare, sempre alla radio, una registrazione   30
diretta della seduta veronese. Una voce sottile, penetrante – il
grido rabbioso e lamentoso di un bambino – d'un tratto aveva
soverchiato quella bassa, accorata di colui che, dopo aver dato

comunicazione della morte del Console Bolognesi, ne stava
35 tessendo l'elogio funebre. 'Tutti a Ferrara!', fu udito gridare,
distintamente. 'Vendichiamo il camerata Bolognesi!' Si erano
appena richiuse le radio, ci si stava a guardare l'un l'altro
spauriti, che già da fuori, dai vetri delle finestre che avevano
cominciato a tremare, si annunciava il rotolio sordo dei
40 motori di lontani autocarri in avvicinamento e il *ta-ta-ta*
lacerante delle prime sventagliate di mitra. Ed era già notte,
fuori, era scaduta da un pezzo l'ora del coprifuoco.

Giorgio Bassani: *Le storie ferraresi*
(Einaudi, 1960)

5. oscuramento: *blackout*. 8. camion: *lorries*. 15. Segretario Federale:
local fascist chief. 17. in qualità di Reggente: *as a substitute*. 19.
Topolino: *a small Fiat car*.

[56]

1 Se c'era un problema meridionale da affrontare con spirito
illuminato e moderno, tale da mettere alla prova la maturità
della nostra classe politica, questo era rappresentato dal Parco
nazionale dell'Abruzzo e dalla necessità di conservare gelosa-
5 mente il suo preziosissimo patrimonio naturale. Sarebbe stata
l'occasione per liberarsi una buona volta della vecchia menta-
lità da sottosviluppati che ci porta ancora spesso a identificare
distruzione della natura con progresso, abbattimento di
foreste e lottizzazioni con affermazione di benessere e libertà:
10 promovendo una razionale pianificazione del territorio,
avremmo potuto fare una scelta decisiva, potenziare cioè la
funzione culturale del Parco, e farne il santuario naturalistico
dell'Italia centrale per l'elevazione e l'educazione degli italiani,
meta di quel turismo escursionistico e istruttivo che, come
15 esigenza primaria degli uomini d'oggi, si va sempre più diffon-
dendo nel mondo civile. E va da sè che il richiamo del Parco,
così reintegrato nelle sue finalità, si sarebbe tradotto in un
enorme beneficio economico per le popolazioni locali.

L'occasione è andata miserevolmente perduta. Per ignoranza dei termini del problema, per arretratezza del potere pubblico, per la sua complicità a tutti i livelli con le forze scatenate della speculazione privata, oggi il Parco nazionale di Abruzzo, a quasi cinquant'anni dalla sua fondazione (1923), si presenta come uno dei più squallidi esempi di malgoverno del territorio; è preso d'assalto dal turismo convenzionale e meccanizzato, è degradato da lottizzazioni che privatizzano un bene comune, è tagliato da strade che favoriscono l'edificabilità e la invasione del traffico motorizzato, è gravemente impoverito nelle sue splendide faggete e depauperato nella fauna. È insomma sottoposto alla tipica 'valorizzazione di rapina', addirittura agevolata dagli enti pubblici (Cassa per il Mezzogiorno, ministeri dell'Agricoltura e del Turismo) che si calcola abbiano speso circa 5 miliardi in questi ultimi anni per finanziare opere che portano gradualmente alla sua disintegrazione.

Antonio Cederna: *Italia '70* (Mondadori e Corriere della Sera, 1971)

1. meridionale: dell'Italia del Sud.   2. tale da mettere alla prova: *such as to put to the test*.   4. Abruzzo: regione montuosa.   9. lottizzazioni: *parcelling out for building*.   11. potenziare: *strengthen*.   16. va da sè: *it goes without saying*.   26. privatizzano: *turn into private property*.   27. l'edificabilità: *the building possibilities*.   30. 'valorizzazione di rapina': *'improvement by robbery'*.   31. enti pubblici: *public bodies*.   31. Cassa per il Mezzogiorno: *Government fund for the development of southern Italy*.

[57]

Quanto al mio rapporto 'artistico' col Vangelo, esso è abbastanza curioso: tu forse sai che, come scrittore nato idealmente dalla Resistenza, come marxista ecc., per tutti gli anni Cinquanta, il mio lavoro ideologico è stato verso la razionalità, in polemica coll'irrazionalismo della letteratura decadente (su cui mi ero fermato e che tanto amavo). L'idea di fare un film

sul Vangelo, e la sua intuizione tecnica, è invece, devo confessarlo, frutto di una furiosa ondata irrazionalistica. Voglio fare pura opera di poesìa, rischiando magari i pericoli dell'esteticità
10 (Bach e in parte Mozart, come commento musicale; Piero della Francesca e in parte Duccio per l'ispirazione figurativa; la realtà, in fondo preistorica ed esotica del mondo arabo, come fondo e ambiente). Tutto questo rimette pericolosamente in ballo tutta la mia carriera di scrittore, lo so. Ma sarebbe bella
15 che, amando così svisceratamente il Cristo di Matteo, temessi poi di rimettere in ballo qualcosa.

Da una lettera di Pier Paolo Pasolini:
Incontri e scontri col Cristo
(Ferro, 1971)

1. Vangelo: Pier Paolo Pasolini girò, alla fine degli anni '60, un film tratto dal vangelo secondo San Matteo. 5–6. su cui mi ero fermato: *over which I lingered.* 10–11. Piero della Francesca: pittore toscano del Quattrocento; dipinse specialmente ad Arezzo. 11. Duccio (di Buoninsegna): pittore di Siena del Trecento. 13–14. rimette pericolosamente in ballo: *dangerously puts into the balance once again.* 14. sarebbe bella: sarebbe ridicolo. 15. svisceratamente: *passionately.*

[58]

1 **INFORMAZIONI ELENCO ABBONATI**

Il servizio fornisce il numero telefonico oppure il nome e l'indirizzo di tutti gli abbonati appartenenti allo stesso distretto telefonico del richiedente. Nessun addebito supplementare è
5 previsto per le richieste relative a numeri telefonici di abbonati non compresi in elenco; negli altri casi il servizio dà luogo ad un addebito di L. 45 per gli utenti del settore del centro di distretto e di L. 75 per gli altri abbonati.

Il servizio fornisce gratuitamente: 10

* Il numero telefonico, desunto dall'edizione dell'elenco in corso, di abbonati in località non appartenente al distretto del richiedente
* Prefisso delle località raggiungibili in teleselezione
* Orario dei posti telefonici pubblici 15
* Tariffe unitarie per conversazioni interurbane e internazionali
* Informazioni varie sul servizio telefonico interurbano e internazionale.

SEGNALAZIONE GUASTI DI APPARECCHIO NORMALE 20

Il servizio è gratuito.

SEGNALAZIONE GUASTI DI IMPIANTI INTERNI SPECIALI

Il servizio è gratuito.

ASSISTENZA TECNICA PER IMPIANTI DI TRASMISSIONE DATI 25

Il servizio è gratuito.

DETTATURA TELEGRAMMI – Nazionali ed esteri –

L'addebito per ogni telegramma in partenza oltre alla normale tassa telegrafica, è rispettivamente di L. 200 e di L. 250 a seconda che l'ufficio dettatura di competenza sia situato nello 30 stesso settore oppure in altro settore del distretto, e di L. 100 per ogni telegramma in arrivo. Sarà considerato come mittente il titolare dell'apparecchio telefonico dal quale viene dettato il telegramma.

ORA ESATTA 35

Per ogni richiesta è previsto l'addebito automatico di L. 15.

Il servizio consente di avere nel modo più rapido le notizie di maggiore attualità. Il giornale radio telefonico consta di sette 40 edizioni feriali e otto festive. Per ogni ascolto della durata di circa tre minuti l'addebito automatico è di L. 45.

SVEGLIA

L'abbonato può richiedere di essere chiamato ad una data ora. Il servizio dà luogo ad un addebito automatico o a cartellino 45 di L. 75.

SEGRETERIA TELEFONICA

Notizie varie: il servizio fornisce informazioni riguardanti turni e ubicazioni delle farmacie; posti di pronto soccorso; indirizzi di medici e specialisti; orari dei treni e dei mezzi di 50 locomozione urbani ed extraurbani; orari di musei e gallerie; ubicazioni strade; spettacoli vari; notizie sportive; notizie di interesse generale; notizie di cronaca; notizie dei prezzi di borsa, ecc. Ogni servizio dà luogo ad un addebito automatico o a cartellino di L. 75.

55 SEGRETERIA ABBONATI ASSENTI

L'abbonato può chiedere che durante la sua assenza vengano ricevute ed annotate le chiamate indirizzate al proprio numero telefonico e siano ripetuti brevi messaggi ai corrispondenti.

Elenco telefonico, 1972

6–7. il servizio dà luogo ad un addebito di: il servizio costa.   9. INTER-URBANE: *long-distance*.   11. desunto: *taken*.   14. teleselezione: *direct dialling*.   44. automatico o a cartellino: *automatically included in total bill or itemized*.   48. turni: *rota openings*.   48. pronto soccorso: *first aid*. 52. notizie di cronaca: *current news*.   53. borsa: *stock exchange*.

[59]

Lunedì sera tardi, alle Tre Ganasce, nella città dove lui, ora, 1
comanda la Compagnia Giudiziaria, ho cenato con il mio
vecchio amico, paesano e coscritto Gigi Arnaudi, maresciallo
dei Carabinieri. Come sempre, quando ci rivediamo (ci
rivediamo, purtroppo, così di rado!), il discorso erra, sfiorando 5
uno dopo l'altro tutti gli argomenti di interesse comune: le
nostre rispettive famiglie, gli amici, il lavoro, la politica, il vino,
lo sport . . . Questa volta, forse a causa di un giornale della sera
che qualche cliente ha dimenticato sul tavolo accanto, grossi
titoli e fotografia in prima pagina, finisco per lamentarmi del 10
progressivo e apparentemente inarrestabile aumento degli
incidenti automobilistici. Lamenti ovvii, da buon papà, da
buon borghese, e in un caffè di provincia. Ma provo tanta
dolcezza, a sentirmi borghese quando sono in compagnia del
mio Gigi! 15
E, del resto, borghese? Faccio una constatazione improvvisa,
e forse ovvia a sua volta: una riflessione che però non dico a
Gigi, e tengo per me. Ecco: nei paesi più progrediti del mondo
occidentale, di fronte all'impressionante fenomeno del neo-
capitalismo o, direi meglio, del neofeudalesimo industriale, 20
che differenza c'è ancora tra borghese e proletario?

Mario Soldati: *I racconti del maresciallo*
(Mondadori, 1967)

1. Tre Ganasce: *Three Jaws* (nome di trattoria). 3-4. maresciallo dei
Carabinieri: *police inspector*. 16. del resto: *after all*. 17. e forse ovvia
a sua volta: *and perhaps obvious as well*. 20. direi meglio: *rather*.

[60]

1 Marciavo allegro ma responsabile, a un tratto rallentai perchè
davanti a me c'era una macchina che stava superando. Aspettai
che completasse la manovra e, visto che la corsia di marcia era
sgombra per quasi duecento metri, pensai che il signore
5 davanti rientrasse dandomi strada. Il signore non rientrò,
anche perchè davanti a lui c'era un'altra macchina e poi un'altra,
ne contai una decina: marciavano una in fila all'altra, nella
corsia di sorpasso. La corsia di marcia era sgombra o quasi, ma
loro non si sognavano di rientrarvi, facevano l'andatura,
10 centodieci all'ora, gli altri si accodassero. Cominciai a suonare,
prima educatamente poi sempre più furiosamente, avevo
diritto di chiedere strada perchè la corsia di sinistra serve solo a
superare. Il signore a ogni strombazzata insaccava la testa fra
le spalle e se ne stava lì duro, tetragono, i bambini che erano a
15 bordo si affacciarono al lunotto posteriore a guardare lo
spettacolo inaudito di un tizio che pretendava di passare e
ridevano agli evidenti lazzi del padre che non mollava.

Capii che le soluzioni erano due: o lo speronamento da
destra oppure la resa, una frenata e una sosta in corsia d'emer-
20 genza a sbollire; scelsi ovviamente la seconda soluzione e
quando, poco dopo, arrivò un'auto della polizia spiegai che ero
fuori dalla grazia di Dio e questo rappresentava uno stato di
necessità perchè guidare in quelle condizioni sarebbe stato
delittuoso: poi raccontai il caso, gli agenti furono comprensivi
25 e anzi partirono all'inseguimento dei superanti per diritto
divino. Ripartii anch'io per vedere la Giustizia all'opera ma
assistetti invece a uno spettacolo edificante e prevedibile:
appena la sagoma verde oliva dell'Alfa affiorava sugli specchi
retrovisori, ogni macchina guizzava sulla destra, docile, rispet-
30 tosa, inattaccabile. È un riflesso condizionato, ormai: appena si intravede sull'asfalto qualcosa di verde oliva, gli italiani
rallentano, stringono a destra, se potessero andrebbero nei
campi, smettono di fumare, spengono la radio, si levano il
cappello.

Luca Goldoni: *Italia veniale* (Cappelli, 1970)

1. Marciavo: (*in this sense*) guidavo.   3. corsia di marcia: *central lane*.
8. corsia di sorpasso: *overtaking lane*.   9. facevano l'andatura: *they set the pace*.   10. gli altri si accodassero: *let the others fall in behind*.   13–14. insaccava la testa fra le spalle: *stuck his head down between his shoulders*.
15. lunotto posteriore: *back window*.   25–6. superanti per diritto divino: *overtakers by divine right*.   28. la sagoma verde oliva del'Alfa (le automobili della polizia stradale italiana sono tutte Alfa Romeo di colore verde oliva).

[61]

Il ventitrè agosto del 1964 fu l'ultima giornata felice che il   1
farmacista Manno ebbe su questa terra. Secondo il medico
legale, la visse fino al tramonto; e del resto, a suffragare la
constatazione della scienza, c'erano i pezzi di caccia che dal suo
carniere e da quello del dottor Roscio traboccavano: undici   5
conigli, sei pernici, tre lepri. Secondo i competenti, quella era
messe di tutta una giornata di caccia, e considerando che la
località non era di riserva, e non proprio ricca di selvaggina. Il
farmacista e il dottore la caccia amavano farla con fatica,
mettendo a prova la virtù dei cani e la propria: perciò andavano   10
d'accordo e sempre uscivano insieme, senza cercare altri
compagni. E insieme chiusero quella felice giornata di caccia,
a dieci metri di distanza: colpito alle spalle il farmacista, al
petto il dottor Roscio. Ed anche uno dei cani restò a far loro
compagnia, nel nulla eterno o nelle cacce elisie: uno dei dieci   15
che il farmacista si era portati, avendone lasciato uno a casa che
aveva un'infiammazione agli occhi. Forse si era avventato
sugli assassini, o forse l'avevano ammazzato per un più di
passione e di ferocia.

Leonardo Sciascia: *A ciascuno il suo*
(Einaudi, 1967)

2–3. medico legale: *police doctor*.   3–4. suffragare la constatazione:
confermare la dichiarazione.   4. pezzi di caccia: *game*.   5. traboccavano:
were overflowing.   7. messe: (*in this case*) *the result*.   10. e la propria:
and their own.   18. per un più: *because of an excess*.

[62]

1 Negli ultimi anni d'università, al centro della vita privata di
Pavese è l'incontro che varrà a turbarne tutta l'esistenza. Entra
allora nella sua esistenza l'unica donna che egli abbia veramente
amata. Prima d'allora, gli incontri e gli scontri, anche se
5 seguiti da esaltati atti di disperazione e svenimenti, erano
manifestazioni della sua esagerata sensibilità, non amori.
Questa è invece la donna dell'incontro pieno. Pavese ne è
pervaso, fin dal primo giorno.

Anche noi a questa donna non daremo altro nome, se non
10 quello consacrato da Pavese nelle poesie di *Lavorare stanca*: la
donna dalla voce rauca. Dall'incontro con questa donna
l'esistenza di Pavese rompe il suo ritmo, la svolta è profonda.
Perdendo questa donna perderà la speranza, la tenerezza per
la donna, il senso della famiglia, la dolcezza della paternità,
15 l'incanto di poter avere un figlio. Persino la sua infanzia
ritornerà nella memoria con un sapore diverso e tutte le sue
opere porteranno dentro l'amore di questa donna, la delusione
e il tradimento fino alla solitudine irrimediabile e fatale.

Davide Lajolo: *Il vizio assurdo* (Il Saggiatore,
1960)

2. (Cesare) Pavese (vedi brano numero 92): uno dei maggiori scrittori
italiani contemporanei. Autore di romanzi e poesie. Morì suicida nel
1950, e il titolo *Il vizio assurdo*, che dà il nome alla biografia di Pavese, si
riferisce al 'vizio' del suicidio. 2. che varrà a turbarne tutta l'esistenza:
(*approximately*) *which was to upset his whole existence.* 10. Lavorare
stanca: *Work Tires You.*

[63]

I genovesi sono risparmiatori, lavoratori, produttori e pru- 1
denti. Non produttori al modo dei milanesi, troppo giocatori
per Genova e propensi a confondere l'affare con l'Avventura.
Predomina in questo porto un'idea moralistica del lavoro;
perciò, almeno in alcuni, si avverte lo spavento di guadagnare 5
troppo, cioè di essere giocatori, gente, secondo i moralisti,
esposta a sicura rovina. Nascondono la ricchezza ancor più dei
piemontesi; conosco ricchi che hanno un numero elevato di
dipendenti, ma sembrano vergognarsene, e li fanno vedere
poco. La ricchezza si riversa in casa. Genova è la città d'Italia 10
che ha il maggior numero di case dall'esterno qualsiasi e
dall'interno dovizioso. Quasi tutta Genova è a letto alle dieci
di sera, poco frequenta i ristoranti, e mai quelli di lusso. Il ricco
genovese ha una bella automobile, ma la tiene in rimessa,
ignota ai suoi concittadini, e adopera per gli affari una conso- 15
rella modesta. Sfoggia quella di lusso fuori dalla città. E in
genere il buon genovese non usa divertirsi a Genova, ma solo
quando ne è lontano. Onde il motto, che il genovese diventa
milanese appena fuori delle mura. Le donne hanno bei
gioielli, per lo più montati all'antica, che però lasciano di rado 20
la cassetta bancaria. Sono i gioielli meno conosciuti del mondo.
Non so fino a che punto queste caratteristiche derivino dal
profondo dell'anima genovese, e fino a che punto invece dalla
lotta col fisco. Tuttavia noto che la lotta col fisco fa parte
anch'essa dell'anima genovese, e forse differisce per una 25
sfumatura da quella di tutt'Italia. Oltre che una attività utili-
taria, a Genova è anche una gara di abilità e di cervello, e
perciò si apparenta al gusto poliziesco dell'investigazione.

Guido Piovene: *Viaggio in Italia*
(Mondadori, 1961)

9. vergognarsene: *to be ashamed of it.*   14. rimessa: *garage.*   28. si
apparenta: si avvicina.

[64]

1 Dopo di allora mi feci grande, conclusi i miei studi, mi
guadagnai una laurea non so ancora bene in che cosa, visto che
non mi serve a nulla, trovai un lavoro, pensavo di prendere in
moglie la figlia di un commerciante di acqua gassata, una rossa
5 di capelli che prometteva bene, ma una bella sera incontrai per
strada la professoressa Ponticelli, che si rammentava di me e
voleva sapere quel che facevo.

'Signora,' le dissi, 'ho finito gli studi e ora lavoro al catasto.'

'Ti trovi bene?'

10 'Così così,' risposi.

Lei mi dava del tu, come si conviene a una professoressa, io
del lei, come si conviene a uno scolaro. Ma ormai eravamo due
persone grandi, io venticinque lei trenta e rotti (più i rotti che i
trenta, per la verità!). La gente ci guardava, e forse eravamo
15 una bella coppia.

'Ti sei sposato?' chiese.

'No, signora.'

'Non hai neanche una fidanzata?'

Io mi vergognavo. 'Volevano darmi quella rossa figlia del
20 padrone delle gazzose, ma non mi piace.'

'Non hai in mente nulla?'

'In che senso?'

'Di sposarti.'

Io mi feci forza e buttai là.

25 'Ecco, una cosa in mente ce l'ho sempre avuta.'

Mi risponde così:

'Lo so che cosa hai in mente, da sempre.'

Arrossii.

'Dai, dai, che siamo grandi. Mi accorgevo di come mi
30 guardavi, lo sai?'

'Lo sapeva?'

'Basta, caro mio, dammi del tu, e se vuoi ci sposiamo.'

In questo modo io adesso sono il secondo marito della
vedova Ponticelli, unico amore della vita mia. L'eroe morto in

Epiro non ha lasciato alcun figlio. Noi ne abbiamo due. Ogni 35
domenica andiamo a portare i fiori sotto il cenotafio (si dice
così) del caduto per la Patria. Era un gran bell'uomo. Al
primogenito abbiamo messo il nome di lui. Poveretto; se dal
cielo ci vede sarà contento. Mia moglie è più grande di me, e
mi fa un poco da mamma. Ma quando facciamo l'amore esige 40
che si parli in inglese:
‘Do you like it, honey?’
‘Yes, I love it.’ Poi ci si addormenta.

Luciano Bianciardi: ‘Il solo amore’, *da I racconti*
(Giorgio Borletti, 1971)

1. mi feci grande: *I grew up.* 6. la professoressa Ponticelli (*his English teacher at school with whom he was in love*). 8. catasto: *office for registration of landed property.* 24. Io mi feci forza e buttai là: *I summoned up courage and jumped in at the deep end.* 29. Dai, dai: *come on!* 34–5. L'eroe morto in Epiro (*her first husband, killed in the war*).

[65]

Lasciando la direzione del *Corriere* con tranquilla coscienza, 1
riaffermo i principi che hanno animato i diciotto anni delle mie
direzioni. Credo in un giornale che sia portatore di idee e non
mero prodotto industriale, da sottoporre alle astratte leggi di
mercati immaginari. Credo in un giornale come strumento di 5
informazione, e non come veicolo di materiali prefabbricati in
serie. Credo in un giornale come scelta dell'uomo, e non del
computer. E soprattutto credo nell'autonomia e nella dignità
della professione giornalistica che non può essere sottoposta a
imposizioni o a sollecitazioni esterne, da qualsiasi parte proven- 10
gano.
   [Spadolini poi ringrazia tutti i suoi collaboratori e conclude
così]
   E soprattutto il mio pensiero riconoscente va a tutti i
lettori che hanno seguito e confortato il giornale nel tentativo, 15
certo non sempre riuscito ma fedelmente perseguito, di
salvaguardare una zona di equilibrio e di distaccata indipen-

denza in un mare di estremismi e di fanatismi cozzanti,
associando il rispetto del passato alla ricerca del futuro. Un
20 futuro che noi riusciamo a vedere solo nella misura di una
società libera e aperta, senza illusioni tecnocratiche o auto-
cratiche. Una società, insomma, dal volto umano.

Giovanni Spadolini: *Corriere della Sera*,
14 marzo 1972

Giovanni Spadolini, ex direttore del *Corriere della Sera*, uno dei più
autorevoli quotidiani europei. All'inizio del 1972 Spadolini – sotto la cui
direzione il *Corriere della Sera* aveva visto aumentare grandemente la sua
tiratura – fu improvvisamente licenziato per motivi non resi pubblici.
Questo brano è preso dal suo articolo di fondo di addio, e il brano che
segue è preso dal primo articolo di fondo del suo successore, Piero
Ottone.   6–7. prefabbricati in serie: *prefabricated in mass*.   18. cozzanti:
clashing.

[66]

1 Una società in crisi, quale oggi la società italiana, non può
andare rassegnatamente alla deriva, in attesa del suo destino.
Deve frugare in se stessa, interrogarsi, analizzarsi, per indi-
viduare i suoi mali, per discutere le sue deficienze, per scoprire
5 la via di salvezza. La libera stampa, se assolve bene il suo
compito, è lo strumento principale col quale si svolge, di
giorno in giorno, il grande dibattito nazionale, attraverso i
fatti e le idee. E senza questo strumento non c'è salvezza.
È con questo impegno che torno, dopo qualche anno, al
10 *Corriere della Sera*, dove ho trascorso gran parte della mia vita di
giornalista. Da quasi un secolo il *Corriere* segue il progresso
civile della nazione: ha combattuto innumerevoli battaglie, e
oggi, con una folta schiera di giornalisti di grande talento e di
grande esperienza, mediante una sempre più stretta colla-
15 borazione fra coloro che ne fanno parte, il *Corriere della Sera*
intende continuare la sua missione. Il compito che ci attende è
gravoso: lo affrontiamo con umiltà, sorretti dalla convinzione

che il nostro dovere è semplice: quello dell'onestà verso i lettori.

Piero Ottone: *Corriere della Sera*, 15 marzo 1972

1. quale: come.   2. andare ... alla deriva: *drift with the current*.   14. sempre più stretta: *closer and closer*.

[67]

La cosa dunque, nel sesto giorno della creazione, andò così. Dio 1
creò una panchina: la creò un giorno in cui i Giardini Pubblici
di Milano erano carichi di neve, proprio sotto la Bignonia
catalpa, nel punto press'a poco dove adesso trovasi il cosid-
detto viale delle Balie. Sopra vi modellò un giovanotto di neve, 5
con la sua brava sciarpa di lana rossa e la pipa in bocca. Poi gli
soffiò in faccia. 'Su,' disse. 'Andiamo, svegliati: la storia è
cominciata.' E Adamo – vivo e solitario – prese ad annoiarsi e a
pensare alle donne. Intorno gli giravano, libere, tutte le bestie
dello zoo. La tigre e il leone si strusciavano contro le sue ginoc- 10
chia facendo grosse fusa, il formichiere sgridava il formichie-
rino che con la lingua tentava di lappare in un formicaio:
'Non si ammazzano le formiche, ragazzo. Siamo tutti fratelli,
non cominciamo a fare i giochi di dopo il peccato.' Il dinosauro,
dalla sua terrificante statura, masticava tenere foglie d'insalata 15
trevisana, vegliando sulla pace di tutti come un generale
dell'ONU. Ma Adamo non sapeva cosa farsene di tutte quelle
bestiole affettuose che poteva godersi senza aver pagato il
biglietto. Pensava alla sua ragazza: e siccome non aveva mai
conosciuto donna ed era ottimista, sbrigliava la fantasia e la 20
immaginava perfetta di cosce e di cuore, e perciò struggen-
temente la desiderava. Allora Dio, che ha sempre capito i
giovani, lo addormentò e come un abile borsaiolo gli sfilò
Eva dal panciotto; e quando Adamo riaprì gli occhi gliela fece
trovare già con le mani intrecciate alle sue, nell'ora che le 25

ombre calano sui Giardini ed è una gran ventura restarvi
dentro con una bella ragazza.

Luigi Santucci: *Non sparate sui narcisi*
(Mondadori, 1971)

3–4. la Bignonia catalpa: tipo di albero.   6. la sua brava sciarpa di lana
rossa: *his fine red woollen scarf.*   11. facendo grosse fusa: *purring loudly.*
12. lappare: *to lick.*   15–16. insalata trevisana (*a type of red and white
lettuce from Treviso*).   17. ONU: *UNO.*   17. cosa farsene di: *what to
do with.*   20. sbrigliava la fantasia: *let his imagination run wild.*   23–4.
come un abile borsaiolo gli sfilò Eva dal panciotto: *like a clever pickpocket
he slipped Eve out of his waistcoat.*

[68]

1 Io non so da dove venga questa luce di Verona. Una luce, anzi
una luminosità, come, esclusi certi posti di mare, certi 'golfi,
non ne ho mai vista altrove, non dico qui da noi ma in qualsiasi
altra parte del mondo dove sono stato. D'inverno e d'estate,
5 d'autunno e primavera, è sempre la stessa: splendida e pura.
E così con la pioggia e con la canicola.

Esci dalla stazione di Porta Nuova, e ti sembra di entrare in
una casa dove abbiano terminato le pulizie di fresco, spalancate
le finestre e messo vasi di fiori o drappi sui davanzali. Se poi è
10 sera, sembra che ti si apra davanti agli occhi un immenso
palcoscenico. Città di teatro, d'altronde, città di grandi spettacoli all'aperto è Verona.

Pier Angelo Soldini: *La luce di Verona*
(Istituto di Propaganda Libraria, 1972)

7. Esci (dal verbo uscire): *you come out.*   11. d'altronde: (*here*) *in fact.*

[69]

IL CANNIBALE

Tu sei un cannibale.   1
Tu ti mangi gli uomini
tu ti mangi le donne
tu ti mangi i bambini.
Tu ti mangi da solo, tu ti sacrifichi   5
quando non hai cristiani da mangiare
o cannibale.
Tu se alto e scarno e scuro
e giri in costume da bagno.
Quando tu vedi uno   10
lo guardi e pensi:
Ma chissà di che sa questo qua.
Quando vedi un altro
lo guardi e pensi:
Ma chissà di che sa quello là.   15
Tu sorridi un po' forzato, un po' tirato
e non sembri pericoloso.
Dai solo l'impressione di avere qualche preoccupazione
di essere un po' triste, un po' gentile, un po' allegro, un po' solo
un po' bambino.   20
Perciò quando uno all'improvviso
viene mangiato da te, ed è morto
pensa: 'Ma che sbadato che sono stato, ma che peccato
ma chi ci avrebbe mai pensato.'

L'Europeo, 16 marzo 1972

---

5. Tu ti mangi da solo: *you eat yourself.*   6. cristiani: (*used in the sense of*) *human beings.*   8. se: sei.   12. Ma chissà di che sa questo qua: *who knows what this one tastes like.*

[70]

1 E così ora si davan la mano, gli ufficiali pakistani e indiani, i
vinti e i vincitori. Si scambiavano abbracci e congratulazioni.
Conversavano amabilmente sul prato. Disinvolti, mondani,
impeccabili nelle uniformi stirate. 'Caro generale, caro colon-
5 nello. Vi siete battuti bene; sì, ma vi siete battuti bene anche
voi. Ci avete dato del filo da torcere; sì, ma ce lo avete dato
anche voi.' Neanche fossero stati a una partita di calcio
anzichè a una guerra dove s'eran scannati senza pietà e avevan
massacrato migliaia di creature. Poco lontano i morti si
10 decomponevano al sole. Gli avvoltoi vi piombavano sopra a
strapparne brandelli, occhi, intestini, e i cani ne divoravano i
piedi, gli orecchi, le labbra: in uno spettacolo irriferibile,
atroce. Da quasi ogni casa si alzavano urla di donne cui
avevano detto che un cadavere appena scoperto era il loro figlio,
15 il loro marito, il loro fratello. Per le strade i Mukti Bahini
sfogavan vendetta linciando chiunque sembrasse un nemico:
scavalcavan corpi con gole tagliate, lingue strappate, tendini
recisi. Sulla città distrutta, priva di governo, di legge, di pane,
di acqua pulita, di mezzi di comunicazione, si levava il pericolo
20 della pestilenza. E quelli si davan la mano, si scambiavano
abbracci e congratulazioni, conversavano amabilmente sul
prato.

Oriana Fallaci: *L'Europeo*, 13 gennaio 1972

5. Vi siete battuti bene: *you fought well.* 6. Ci avete dato del filo da
torcere: *you made things very tricky for us.* 7. Neanche fossero stati:
it was for all the world as if they had been. 18. recisi: *cut.*

[71]

1 'Voi fate bordello di tutto. In questa casa si fa bordello di tutto,'
diceva sempre mia nonna, intendendo dire che, per noi, non
c'era niente di sacro; frase rimasta famosa in famiglia, e che

74

usavamo ripetere ogni volta che ci veniva da ridere su morti o
su funerali. Aveva, mia nonna, un profondo schifo degli 5
animali, e dava in smanie quando ci vedeva giocare con un
gatto, dicendo che avremmo preso, e contagiato a lei, malattie;
'Quell'infame bestiaccia,' diceva, pestando i piedi per terra, e
battendo la punta dell'ombrello. Aveva schifo di tutto, e una
gran paura delle malattie; era però sanissima, tanto che è 10
morta a più di ottant'anni senza aver mai avuto bisogno nè di
un medico, nè di un dentista. Temeva sempre che qualcuno di
noi, per dispetto, la battezzasse; perchè uno dei miei fratelli
una volta, scherzando, aveva fatto il gesto di battezzarla. Reci-
tava ogni giorno le sue preghiere in ebraico, senza capirci 15
niente, perchè non sapeva l'ebraico. Provava, per quelli che
non erano ebrei come lei, un ribrezzo, come per i gatti. Era
esclusa da questo ribrezzo soltanto mia madre: l'unica persona
non ebrea alla quale, in vita sua, si fosse affezionata. E anche
mia madre le voleva bene; e diceva che era, nel suo egoismo, 20
innocente e ingenua come un bambino lattante.

Mia nonna era da giovane, a suo dire, bellissima, la seconda
bella ragazza di Pisa; la prima era una certa Virginia De
Vecchio, sua amica. Venne a Pisa un certo Signor Segrè, e
chiese di conoscere la più bella ragazza di Pisa, per chiederla in 25
matrimonio. Virginia non accettò di sposarlo. Gli presentarono
allora mia nonna. Ma anche mia nonna lo rifiutò, dicendo che
lei non prendeva 'gli avanzi di Virginia'.

Si sposò poi con mio nonno, il nonno Michele: uomo che
doveva essere quanto mai dolce e mite. Rimase vedova in 30
giovane età; e una volta le domandammo perchè non aveva
ripreso marito. Rispose, con una risata stridula e con una
brutalità che mai ci saremmo aspettate in quella vecchia
querula e lamentosa che era:

'Cuccù! per farmi mangiare tutto il mio!' 35

Natalia Ginzburg: *Lessico famigliare* (Einaudi,
1963)

1. Voi fate bordello di tutto: *you laugh at everything*.   5–6. schifo degli
animali: *disgust for animals*.   6. dava in smanie: *she flew into a rage*.
22. a suo dire: *according to her*.   28. 'gli avanzi di Virginia': '*Virginia's*

leftovers'. 29–30. che doveva essere quanto mai: *who must have been exceptionally.* 35. Cuccù! per farmi mangiare tutto il mio!: *don't be daft! and have him eat up all my money?*

[72]

1 Il telefono squilla. Squilla da Milano, da altre città. Voci concitate chiamano i giornali, chiamano la *Domenica*.

‘Che cos'è successo? . . . Ma è vero che in Piazza Fontana . . . Io ho un figlio che doveva proprio andare alla Banca
5 dell'Agricoltura . . . Quanti sono i morti? . . . Sapete i nomi? . . .’

La disperazione, l'orrore stanno ingolfando le linee telefoniche del nostro come di altri giornali, in questo venerdì di sangue. E mentre scriviamo giungono da lontano gli ululati delle sirene delle autolettighe che portano agli ospedali i
10 feriti, i morenti. E si levano, di tanto in tanto, clangori rabbiosi di taxi, automobilisti che non sanno ancora e che non capiscono perchè ci siano quegli ingorghi, o che sanno già e vogliono correre sul luogo della strage, negli ospedali, a cercare tra i corpi sfigurati un parente, un amico . . .

15 Il telefono squilla. ‘Chi è stato?’ La gente vorrebbe sapere. Vorrebbe trovare subito il colpevole o i colpevoli. Vorrebbe fare giustizia. Qualcuno è certo di sapere già. ‘Pronto? . . . spero che direte chiaramente che sono stati i . . .’

Sono stati assassinati tredici italiani innocenti, altri forse ne
20 moriranno fra i quasi cento feriti. Se le loro povere vite, se lo strazio dei loro cari dovesse servire per giustificare o per edificare una qualsiasi tirannia, molti altri uomini sarebbero pronti a rischiare tutto, consapevolmente, per impedire che un bestiale volto di assassini possa assumere la maschera dell'in-
25 novatore per virtù di violenza o del restauratore per forza di disperazione.

Domenica del Corriere, 23 dicembre 1969

2. la *Domenica*: la *Domenica del Corriere*, rivista settimanale. 3. 'Che
cos'è successo? ...': vedi nota nel brano numero 25. 6. stanno ingolfando: *are swamping*. 9. autolettighe: *ambulances*. 21. loro cari:
their loved ones. 25. per virtù di: per merito di.

[73]

La macelleria di Marco era una delle più belle della città. Il 1
banco alto tutto di marmo con una testa di bue scolpita a
rilievo, sul davanti due vetrine davano verso la strada e nei
giorni di feste solenni vi metteva in mostra, tra teste di vitello
con fiori in bocca, i pezzi migliori su cui si intrecciavano 5
catenelle di carta dorata e altre a colori vivaci, che, se la stagione
era calda, un ventilatore agitava di continuo tenendo lontano le
mosche. Egli stava dietro al banco, corpulento, ma agile, elevato
per essere comodo a tagliare, e dominava le clienti che insiste-
vano a essere servite in fretta ed erano in maggior parte serve 10
giovani o vecchie, qualche signora che voleva farsi la spesa da
sè, e altre donne, mogli di artigiani o di piccoli impiegati.

> Giovanni Comisso: *Un gatto attraverso la
> strada* (Mondadori, 1954)

11–12. farsi la spesa da sè: *to do her own shopping*.

[74]

La Lombardia è senza dubbio la regione italiana di più alto 1
livello sportivo: ove per livello sportivo s'intendano complessivamente presi l'interesse degli abitanti per lo sport come
spettacolo, i risultati conseguiti nei vari settori agonistici, la
quantità e la distribuzione degli impianti, il funzionamento 5
dell'attività, gli sforzi che si vanno compiendo per l'affermazione della pratica sportivo-ricreativa come servizio sociale.
Lombarde sono le due sole squadre calcistiche italiane, il

Milan e l'Inter, che abbiano finora vinto la coppa interconti-
10 nentale: cioè la massima competizione per formazioni di *club*.
Restando nell'ambito del calcio, si può aggiungere che nei due
campionati di divisione nazionale la regione è rappresentata da
otto squadre: Inter, Milan e Varese in serie A; Mantova,
Brescia, Monza, Atlanta e Como in serie B. Varrebbe la pena
15 di ricordare anche che lombardo è il calciatore ritenuto il più
forte d'Europa e tra i più forti del mondo: Luigi Riva, nato
a Leggiuno in provincia di Varese. Significativi prodotti dello
sport lombardo sono anche i due ciclisti più popolari d'Italia:
Gimondi e Motta. A Milano appartiene la squadra di base-ball
20 campione d'Europa, l'Europhon. Il campionato di pallacane-
stro è regolarmente dominato dalla rivalità fra due squadre
lombarde, il Simmenthal di Milano e la Ignis di Varese.
L'ultimo record mondiale d'atletica leggera che sia appar-
tenuto all'Italia fu stabilito nel luglio del '69 da una ragazza
25 milanese: Paola Pigni sui 1500 metri. La capitale del 'canot-
taggio' italiano è sul lago di Como.

Gianni De Felice: *Italia '70* (Mondadori e
Corriere della Sera, 1971)

4. agonistici: sportivi. 5. impianti: (*in this case*) *football stadiums,
tennis courts, swimming pools, etc.* 6. che si vanno compiendo: *that are
being made.* 8–9. il Milan e l'Inter: le due squadre di calcio di Milano.
13–14. serie A ... serie B: *the two top divisions of the Italian football
league.* 14. Varrebbe la pena: *it is worth while.*

[75]

1 Che fa, adesso? Io quest'anno non avrò la fortuna di rivederla
a Cervia perchè probabilmente non mi muovo da Roma. Franz,
che si prepara alla licenza liceale, dovrà in luglio o agosto, se
non otterrà l'esonero, presentarsi per il servizio militare.
5 Andrà alla Scuola allievi ufficiali qui a Roma; e per questa
ragione starò anch'io a casa. Del resto, si sta bene, qui; io non
esco quasi mai e me ne sto giornate intere nel giardino, fra

78

l'erba, tanto che a volte provo, specialmente la notte nell'addor-
mentarmi, un'impressione fisica curiosa: mi sembra di essere
anch'io qualche cosa di vegetale: i pensieri sono fili di strane 10
erbe che si muovono al vento, i palpiti del cuore le foglie della
robinia che si staccano ad una ad una dal ramo.

   Sorride? Tanto meglio: sono contenta di farla sorridere.
Non creda però che io mi incretinisca, in questa solitudine
volontaria. Lavoro e spero di lavorare fino a novant'anni. Ho 15
finito un racconto che secondo le mie intenzioni si svolge in
una grande città e dimostra il vano affanno delle nostre più
forti passioni, l'amore, l'ambizione, l'istinto di apparire da più
di quel che siamo. L'ho intitolato 'La danza della collana'.

   Mi scriva, caro Marino Moretti, mi parli di Lei, e mi voglia 20
sempre bene.

Da una lettera di Grazia Deledda: *Opere scelte*
(Mondadori, 1964)

2. Franz: figlio di Grazia Deledda. 3. licenza liceale: *school-leaving
examinations*. 3–4. se non otterrà: *if he doesn't get*. 8. tanto che a
volte provo: *so much that at times I feel*. 12. robinia: *locus-tree*. 14. io
mi incretinisca: *I'm turning idiot*.

[76]

ORARIO DI SPORTELLO

Normale   dalle 8.30 alle 12.30 e dalle 16.00 alle 16.45. 1
Nei giorni semifestivi   dalle 8.30 alle 11.30.

AVVERTENZE

Il Servizio cassa cambiali viene espletato:
– dalle 8.30 alle 12.30 dei giorni lavorativi per le Aziende di 5
Credito.
– dalle 8.30 alle 11.30 dei giorni semifestivi per le Aziende di
Credito.
   Gli effetti saranno tenuti a disposizione dei debitori fino

10 alla chiusura antimeridiana degli sportelli del primo giorno
lavorativo successivo a quello di scadenza, non sono ammesse
proroghe.

Gli ordini di ritiro effetti mediante addebito in conto corrente vengono accettati soltanto se presentati entro il termine
15 dell'orario di sportello antimeridiano del giorno di scadenza
oppure, quando questa cada in giorno di chiusura degli
sportelli bancari, del giorno lavorativo precedente.

Il servizio di incasso per conto terzi (pagamento utenze
telefoniche, elettriche, gas, acqua, abbonamenti, quote associ-
20 ative, ecc.) viene espletato unicamente durante l'orario di
sportello antimeridiano.

L'accesso alle cassette di sicurezza è consentito, sia al
mattino sia al pomeriggio, durante l'orario di apertura degli
sportelli.

Banca Mutua Popolare

Orario di sportello: *bank opening hours.* 2. semifestivi: *certain holidays,
mostly religious, observed by shops and banks from midday onwards.*
4. Il Servizio cassa cambiali: *payment of drafts.* 5–6. dei giorni lavorativi
per le Aziende di Credito: *on bank working days.* 9. Gli effetti: *bills of
exchange.* 13–14. Gli ordini di ritiro effetti mediante addebito in conto
corrente: *orders of payment made by debiting current accounts.*

[77]

LA SOSIA

1 Mi ricordo, raccontava di un certo Luigi Bertan, un bravo
giovanotto, di buona famiglia, unico figlio, orfano, fidanzato di
una certa Marion, una delle più belle ragazze di Treviso. Ma
questa stupenda creatura muore, che non ha ancora diciot-
5 t'anni, peritonite o che so io.

Ora nessuno può immaginare la disperazione del Bertan. Si
chiude in casa, non vuol più vedere nessuno. I vecchi amici
battono alla porta: 'Gino, fatti almeno vedere, noi tutti si
capisce il tuo dolore, ma questa è una esagerazione, tu che eri il

più allegro di noi, tu che eri l'animo della compagnia.' Ma lui ₁₀ niente, non risponde, non apre, insomma un caso pietoso.

Credere o non credere, per due anni interi così. Finchè un giorno due dei vecchi amici riescono, supplicando, a farsi aprire. Lo abbracciano, cercano di consolarlo, era diventato uno scheletro, con una barba lunga così. 'Senti, Gino, hai ₁₅ sofferto abbastanza, non puoi assolutamente continuare, hai il dovere di ritornare alla vita.'

Fatto è che, per tirarlo su, gli amici gli combinano una festa in suo onore, invitano un sacco di belle ragazze, champagne, musica, allegria. ₂₀

E bisognava vederlo, quella sera, Gino Bertan, sbarbato, col vestito delle grandi occasioni, sembrava diventato un altro, brillante e spiritoso come ai bei tempi.

Ma a un certo punto della festa lui si apparta in un angolo con una bionda e parla, parla, parla, come fanno gli innamorati. ₂₅

'Chi è quella bionda?' uno domanda. Rispondono: 'Non so, deve essere forestiera, da queste parti non si è mai vista.' Rispondono: 'Pare che sia una amica della Sandra Bortolin.' Dicono: 'Comunque, lasciamolo in pace, Dio voglia che questa bionda gli faccia passare le paturnie.' Dicono: 'Si vede ₃₀ proprio che è il suo tipo. Mica per niente, ve ne siete accorti?, ha gli stessi occhi della povera Marion.' 'È vero, è vero, accidenti come le assomiglia.'

Per tutta la sera quei due insieme, fino a che la festa si scioglie, erano già passate le ore tre. ₃₅

Gino accompagnerà la bella in macchina a casa. Escono, lei ha un brivido, si è messo infatti a soffiare il vento, 'Si copra con questo,' fa lui. E le mette sulle spalle il suo pullover.

'Dove l'accompagno, signorina?' 'Da quella parte,' risponde lei facendo segno. 'Ma in che via precisamente?' 'Non ₄₀ importa, non importa, le dirò io dove fermarsi, magari i miei sono ancora svegli ad aspettarmi, non vorrei che ci vedessero insieme.'

Vanno, vanno per le strade deserte. Ormai sono alla periferia. ₄₅

'Ecco,' fa la ragazza a un certo punto. 'Adesso siamo arrivati. No, non si disturbi a scendere. Grazie di tutto. E arrivederci.'

'Ma il suo indirizzo? Il suo telefono? Ci potremo rivedere, no?'

50   Lei, già scesa di macchina, sorride: 'Eh, dovrò pur resti-
tuirle il pullover!' Ora fa un cenno d'addio con la mano, è già
scomparsa dietro l'angolo.

Un po' frastornato lui riparte, avviandosi in direzione di
casa, quando gli viene un dubbio strano: 'Ma dove l'ho
55 accompagnata? Che posto era?'

Torna indietro, ritrova il luogo, svolta l'angolo dove lei è
scomparsa. C'è una strada buia, non si vede niente. Lui
accende i fari. Laggiù in fondo una cancellata.

Si avvicina. Il suo pullover pende da una delle aste di ferro.
60 È il recinto del cimitero dove Marion è sepolta.

Dino Buzzati: *Le notti difficili* (Mondadori,
1971)

1. Mi ricordo, raccontava di: *I remember that he (an unnamed man from
Vicenza) was talking about.*   5. o che so io: *or something like that.*   8–9. si
capisce: capiamo.   18. Fatto è che: *to cut a long story short.*   30. gli
faccia passare le paturnie: *will help him get over his depression.*   31. Mica
per niente: *not for nothing.*

[78]

1 L'inquinamento dell'aria e delle acque deriva principalmente
da una mancanza di reale consapevolezza collettiva della
gravità del fenomeno e dal conseguente atteggiamento lassista
dell'autorità centrale.

5   Fra pochi anni avremo perso tutto il patrimonio ittico fluviale
del Paese. Avremo messo in pericolo la flora e la fauna non solo
delle zone prossime ai fiumi, ma anche di quelle alimentate
dalle acque avvelenate. Di più, pericolo più grave ancora,
rischiamo di inquinare le falde profonde del sottosuolo dal
10 quale riusciamo ancora a trarre acqua potabile a costi sempre
crescenti. Le degenerazioni bronchiali ed il cancro polmonare

si diffondono con un crescendo pauroso, in parte determinato dall'inquinamento atmosferico.

Le prediche non servono più: per i bambini bisogna provvedere ad un insegnamento sistematico delle norme igieniche 15 fondamentali di prevenzione. A tutti i cittadini bisogna imporre sacrifici pari al bene che si dilapida e cioè alti costi dell'acqua potabile ed una forte tassazione dei carburanti per la motorizzazione privata. Ciò potrà consentire di accumulare i capitali necessari per pianificare la distribuzione dell'acqua 20 potabile, la raccolta, la depurazione delle acque di scarico di usi civili.

All'industria bisogna imporre l'obbligo tassativo della ricircolazione interna delle acque e della depurazione delle acque di scarico, con una sola alternativa: la chiusura degli stabilimenti. 25 Per il traffico automobilistico bisogna estendere massicciamente il divieto di circolazione delle macchine per uso privato all'interno dei centri urbani e generalizzare le salvaguardie tecniche applicabili agli impianti di scarico.

Tutto ciò si impone senza altri indugi e con una graduazione 30 degli interventi direttamente proporzionale alla gravità delle singole situazioni.

> Erasmo Peracchi (presidente della Provincia di
> Milano): *Italia '70* (Mondadori e Corriere
> della Sera, 1971)

3. lassista: *laisser-faire*. 5. ittico: di pesci. 9. le falde: *the layers*. 26–7. massicciamente: *massively*.

[79]

I fiumi di Vicenza si snodano ai piedi del colle, e sono tre. Ivi, 1 all'estremità dei Berici, si adagia la città. Non sono fiumi potenti ma di modeste acque nel periodo normale. Tortuosi e verdi, s'insinuano ovunque, abbracciano la città e compaiono dove meno ci si aspetta, o con aperti ponti ventilati o nell'in- 5 terno di quartieri silenziosi e umidi: o allargandosi in ghirlande di cascate, dove una volta la corrente muoveva ruote di venerandi mulini, ora, per lo più, inceppate di alghe e mufite.

I tre fiumi sono l'Astichello, il Retrone e il Bacchiglione. A
10 Vicenza, fanno verde ogni cosa. Danno vita a giardini dove sono alberi di pesco e di magnolie e rose rampicanti, a lunghe file alberate, a siepi alte, ai poggioli delle case fioriti di gerani. Animano le pietre di una calda tinta grigia, corrodono e colorano le rive, i gradini, le spiaggette delle lavandaie, i
15 mattoni, i selciati, i pavimenti delle chiese e degli atri; sono l'umbratile presenza in cui si riflette il dominante volto della città.

Antonio Barolini: *L'ultima contessa di famiglia*
(Feltrinelli, 1968)

2. i Berici: i colli di Vicenza. 2. si adagia: *lies*. 8. mufite: *rotting*.

[80]

1 Duemila tra astrologhi, maghi, indovini, chiromanti, consiglieri occulti, sono attivi a Milano con eccellente e qualificata clientela. Cresce ogni giorno di più il numero dei professionisti 'arrivati' (medici famosi, avvocati di grido, dirigenti indu-
5 striali, managers, giornalisti e via discorrendo) i quali, desiderosi di continuare ad 'arrivare', consultano l'astrologo alla vigilia di ogni decisione importante e si regolano secondo i consigli ricevuti dal mago personale. Molti di essi – ripeto, la città campione è Milano, non uno sperduto borgo alpino – si rivol-
10 gono all'astrologo quotidianamente, hanno appuntamento a ore fisse, obbediscono alle predizioni delle stelle, delle carte, della mano, della cenere, del pendolo, di non so quale altro strumento di cui si valga il loro profeta.

Una delle rubriche più lette sui quotidiani è quella dell'oro-
15 scopo. Grossi settimanali, puntando sull'aumento della tiratura, non accludono più fra le loro pagine regali singolari, 'buoni', tagliandi per concorrere alle estrazioni di automobili, come usava una volta: ma medaglie recanti inciso il segno

zodiacale. A Padova un assessore ha mostrato in Consiglio comunale una delle tante lettere della nuova catena di 20 Sant'Antonio, scritta in ciclostile su carta intestata del municipio.

Silvio Bertoldi: *I nuovi italiani* (Rizzoli, 1972)

4. 'arrivati': *successful.* 4. di grido: famosi. 5. e via discorrendo: *and so on.* 9. campione: *leading* (*literally: champion*). 13. di cui si valga il loro profeta: che il loro profeta usa. 14. rubriche: *columns.* 15–16. puntando sull'aumento della tiratura: *aiming at a rise in circulation.* 16. regali singolari: *special gifts.* 17. 'buoni': *vouchers.* 17. tagliandi per concorrere: *coupons to compete.* 18. recanti: *bearing.* 20–21. catena di Sant'Antonio: *chain-letters.*

[81]

L'umorismo romano quotidiano è di una raffinata semplicità, 1 eccetto nelle classi medie, dove subisce l'influsso del gergo burocratico-televisivo, delle vignette, e si esaurisce nella narrazione di storielle. Nel popolo si esprime invece con osservazioni di prima mano e la tendenza a capovolgere sempre 5 la situazione, o a portarla alle conseguenze estreme, impensate. Esempio memorabile: sul ring di una palestra il pugile Cavicchia (chiamiamolo così) non riesce a piazzare un colpo e l'avversario lo tempesta a suo piacere. Il pubblico assiste incuriosito, finchè dal fondo della sala un tale chiama ad alta 10 voce: 'Cavicchia, al telefono!' L'umorismo qui è nell'ignorare che Cavicchia sta sostenendo un regolare combattimento, gli si offre un pretesto decente per allontanarsi un momento dal ring. In un bar entra un giovane attillato, serissimo, molto preoccupato del suo aspetto, torace sporgente, ventre tratte- 15 nuto. I suoi amici stanno parlando di sport. Uno di questi si interrompe, guarda a lungo il giovane, gli ordina perentoriamente: 'Respira', e riprende la sua dimostrazione. Una mia amica molto magra e di forme minute passa davanti ad un altro bar. Due giovani la stanno guatando già dall'angolo della 20

85

strada, lei si aspetta un commento villano e sgradevole. I due
giovani invece le si buttano davanti in ginocchio e, con voce
implorante, giungendo le mani in atto di preghiera, fingendo
la più fraterna disperazione: 'Mangia, fallo per noi, mangia,
25 sforzati, sii buona, mangia!'

Al banco del fruttivendolo, una signora molto incerta guarda
il cesto delle pere. Non sembra convinta. Infine si decide:
'Sono buone queste pere?' E il fruttivendolo con sognante
dolcezza: 'Signora, lei le prenda, se non sono buone le rim-
30 proveri.'

Ennio Flaiano: *Italia '70*
(Mondadori e Corriere della Sera, 1971)

4. storielle: (*here*) *jokes*. 8. piazzare un colpo: *to land a blow*. 10. un
tale: *somebody*. 14. attillato: *with a closely fitting suit*. 15–16. ventre
trattenuto: *stomach in*. 20–21. la stanno guatando già dall'angolo della
strada: *had been staring at her since she turned the corner*. 28–9. sognante
dolcezza: *dreamy sweetness*.

[82]

1 All'indomani di quelle vacanze sempre più odiose e insop-
portabili, Rossana m'investiva con sarcasmo: 'Abbiamo santi-
ficato la festa? . . . Com'è buono il Dio dei piccoli borghesi, e
come si sveglia di buon mattino i giorni di festa, per richiamarli
5 ai doveri coniugali.'

'Spero non sarai gelosa di quelle poche ore? . . .'

'Macchè,' sorrideva enigmatica. 'Figurati. Io, gelosa!'

'Allora cosa vuoi dire? Che il mio è uno sciocco conformismo
piccolo-borghese? Perchè non so dire a Elsa: prendi le bam-
10 bine, e vacci col treno o con la corriera dai vecchi? E se mi
chiede perchè? Perchè ho da trascorrere tre quattr'ore in uno
spider verdazzurro . . . E non basta. Devi sapere che ha un buco
nel parabrezza e non so ancora come e chi ha sparato. – Davvero, dici? Sih! Per dippiù, accanto a una donna. Com'è? Eh,
15 è, diciamo, perlomeno carina. Se mi piace? Accidenti, se mi
piace! Però lei non vuole saperne. – Logico, non ti conosce. –

Per conoscermi, mi conosce benissimo. Anzi giura che non vive che per me, o per quei momenti in cui può stare con me. – Allora, ti ama. – Macchè, non vuole sentire neppure la parola amore. – Aiutami a capire una matta del genere.' 20

Mentre recitavo la commedia, imitando tutti i toni della voce di Elsa, quando si devolveva al più insopportabile buon senso, trattandomi da figlio e da ragazzino, Rossana rimaneva assorta, lo sguardo fisso al parabrezza forato, sembrava che la sua anima passasse e ripassasse attraverso quel foro in un'ango- 25 sciosa ricerca di coraggio, o forse appena di un po' di sincerità.

Carlo Bernari: *Un foro nel parabrezza*
(Mondadori, 1971)

2. m'investiva: *attacked me.* 7. Macchè ... Figurati: (*approximately*) *not in the slightest ... what an idea!* 10. e vacci ... dai vecchi: *and go ... to visit the old people.* 12. spider: *type of car (in which the couple meet).* 12. E non basta: *and that's not all.* 14. Sìh!: *a breathing* Sì. 14. Per dippiù: *and what's more.* 15. perlomeno carina: *pretty to say the least.* 15–16. Accidenti, se mi piace!: *You can bet I like her!* 16. lei non vuole saperne: *she won't hear of it.* 17. Per conoscermi: *oh, as far as knowing me is concerned.* 17. Anzi: *indeed.* 20. del genere: *like that.* 22–3. si devolveva al più insopportabile buon senso: *when she called into play the most unbearable common sense.*

[83]

Dietro la zona più elegante e preziosa del Forte, la fascia fitta 1 di pinete e di canali dall'acqua ferma e verde, con le ville importanti nascoste nel folto, proprio dove i pini cedono ai pioppi e ai campi coltivati, è la trattoria 'da Fregio'. La si raggiunge dal viale interno del quartiere 'Roma imperiale', 5 seguendo le frecce, si percorrono le stradine tortuose della campagna, fino alla trattoria. Il lusso, a due passi, è dimenticato, remoto. Un vasto terreno ombreggiato (per i giorni in cui si mangia all'aperto), una casa semplice, il negozio di alimentari, fornitissimo. I proprietari, i Tognetti, erano contadini, sono 10 detti 'Fregio' dal nonno (sfregiato) e tutti, quel soprannome,

se lo portano. La casetta se la sono costruita da soli, in cinque anni, e hanno cominciato a servirci vini e salumi di loro produzione (maiale ucciso nel cortile). Vini e salumi di cui si
15 occupa il 'Fregio', anche quando il locale diventa trattoria, con la Signora Santina in cucina e il figlio Vittorio Emanuele tuttofare. Nel '60 ampliano il locale, frequentatissimo ormai dai villeggianti che non cercano il pesce e, in ogni stagione, dalle comitive che arrivano dai centri vicini.
20 Le specialità sono rimaste quelle versiliesi dei primi tempi, mortadella nostrale, 'biroldo' insaccato di sangue, testa, cotenna e altre parti insanguinate del maiale, sopressata e prosciutto. Quindi, tordelli, risotto con fegatini, pasta e fagioli alla versiliese; polli e conigli alla cacciatora, pollo dorato e
25 fritto, trippa alla 'Fregio', anguille del vicino Tonfano che ne è ricchissimo (ed è pulito) fritte o in salsa con polenta.

Pier Maria Paoletti: *Panorama*, 25 novembre 1971

1. Forte: Forte dei Marmi (*town in Tuscany near Viareggio*). 3. nel folto: *amid the trees*. 11. sfregiato: *scarface*. 14–15. Vini e salumi . . . trattoria: *Fregio went on selling wine and various types of salami even when the place became a restaurant.* 17. tuttofare: *odd-job boy*. 20. versiliesi: *of Versilia (district around Viareggio and Forte dei Marmi)*. 20. dei primi tempi: *of the early days*. 21. mortadella nostrale: *locally made Bologna sausage*. 21. 'biroldo': altro tipo di salsiccia. 22. sopressata: tipo di salame. 23. tordelli: *little thrushes*. 24. alla cacciatora: (*more or less*) *stew*.

[84]

1 Quel giorno evitai di richiamarla e perfino d'andare al Tempio, anche se là, come mi aveva detto, c'era qualche probabilità che la incontrassi. Verso le sette, tuttavia, passando da via Mazzini e notando la Dilambda grigia dei Finzi-Contini ferma dietro
5 l'angolo di via Scienze, dalla parte dei sassi, con Perotti in berretto e divisa da autista seduto al volante in attesa, non resistetti alla tentazione di appostarmi all'imbocco di via Vit-

toria e di aspettare. Aspettai a lungo, nel freddo pungente. Era
l'ora del più intenso passeggio serale, quello che precede la cena.
Lungo i due marciapiedi di via Mazzini, ingombri di neve 10
sporca e già mezzo sfatta, una folla di gente si affrettava in
entrambe le direzioni. Alla fine fui premiato: perchè al
termine della funzione, sia pure di lontano, la vidi improvvisamente sbucare dal portone del Tempio e sostare, sola, sulla
soglia. Indossava una corta pelliccia di leopardo stretta alla 15
vita da una cintura di cuoio, e, i capelli biondi splendenti nella
luce delle vetrine, guardava di qua e di là, come se cercasse
qualcuno. Senza minimamente curarsi dei molti passanti che
si voltavano stupiti ad ammirarla, era me che cercava, forse?
Stavo per uscire dall'ombra e farmi avanti, quando i parenti, 20
che evidentemente l'avevano seguita a distanza giù per le
scale, sopraggiunsero in gruppo alle sue spalle. C'erano tutti,
la nonna Regina compresa. Girando sui tacchi, mi allontanai a
rapidi passi giù per via Vittoria.

> Giorgio Bassani: *Il giardino dei Finzi-Contini*
> (Einaudi, 1962)

1. di richiamarla: (al telefono). 1. Tempio: sinagoga. 4. la Dilambda:
tipo di automobile. 5. dalla parte dei sassi: *on the side of the road without
pavement*. 11. sfatta: *melted*.

[85]

INDUSTRIE PIRELLI S.p.A. – CONSOCIATE
ITALIANE E DEL MERCATO COMUNE

Il risultato economico delle Industrie Pirelli S.p.A. e delle 1
consociate italiane nella prima metà dell'esercizio 1971 è stato
nettamente sfavorevole, come conseguenza soprattutto della
grave crisi che ha colpito l'economia italiana e il settore industriale in particolare. Crisi che non ha precedenti nel dopo- 5
guerra, perchè la involuzione congiunturale ha alla base
fattori strutturali.

Non vi è dubbio che da molti mesi è in atto un ristagno della
domanda interna in quasi tutti i settori, mentre si assiste ad
10 una preoccupante flessione degli investimenti. Per la prima
volta dopo vent'anni la produzione industriale sta segnando
una continua, progressiva diminuzione.

Ma è altrettanto certo che tali andamenti riflettono il
permanere di gravi distorsioni strutturali fra cui la più rile-
15 vante è l'accentuato peggioramento del rapporto costi-ricavi.
Peggioramento attribuito al mancato ricupero, attraverso la
produttività, dei forti aumenti del costo del lavoro.

Gli effetti dello 'strappo' salariale sono stati anzi moltiplicati
dalla permanente conflittualità e dalla caduta della produt-
20 tività, conseguenza quest'ultima della riduzione sia degli orari
contrattuali sia delle prestazioni lavorative. Fenomeni tutti che
hanno provocato una contrazione nell'utilizzo degli impianti,
successivamente aggravata dalla flessione della domanda.

Questo avverso andamento congiunturale ha influito sulle
25 vendite delle Industrie Pirelli S.p.A. che sono diminuite
rispetto allo scorso anno, restando purtroppo lontane dalle
previsioni iniziali, nonostante che un rinnovato sforzo verso
l'esportazione abbia consentito di realizzare un aumento delle
vendite all'estero di oltre il 15%.

Leopoldo Pirelli: Milano, 28 ottobre 1971

S.p.A.: Società per azioni (*Italian equivalent of 'Ltd'*).   6. involuzione
congiunturale: *recession due to the economic crisis.*   8. è in atto: esiste.
13. tali andamenti: *these trends.*   18. 'strappo': *jump.*   20–21. sia degli
orari contrattuali sia delle prestazioni lavorative: *both in working hours
and in the amount of work done.*   24. avverso: sfavorevole.

[86]

1 Da un po' di giorni vengono a fare il bagno qui gruppi di
ragazze del collegio Buon Pastore di Acireale accompagnate da
una suora. È un collegio di rieducazione; queste ragazze, tutte
dai tredici ai diciotto anni, hanno avuto ognuna un suo piccolo

passato burrascoso, talune sono state tolte a genitori di pochi 5
scrupoli che le facevano prostituire, in qualche raro caso sono
stati gli stessi parenti a metterle lì per cercare di recuperarle e
in altri casi ancora sono ragazze senza parenti o con la madre in
carcere. Scendono verso il mare saltellando sugli scogli seguite
da una suora giovane, avviluppata nelle sue vesti nere.   10

La suora piazza un ombrellone in qualche fessura degli
scogli e vi si siede sotto. Le ragazze sono già in costume, si
tolgono rapidamente i loro vestitini colorati, stendono gli
asciugamani. Ognuna si sceglie il suo scoglio e vi si sistema sopra;
viste dall'alto sembrano piovute dal cielo una qua una là.   15

Sono ragazze provenienti in massima parte da modeste
famiglie di contadini o piccoli artigiani, alcune si sdraiano
sull'asciugamano in pose di bagnanti alla moda viste nelle
fotografie dei rotocalchi, ma tengono un atteggiamento molto
serio. In genere non sanno nuotare ed hanno piccoli salvagente 20
di plastica, alcuni raffiguranti paperelle e cigni e non si allontanano da dove si tocca.

La giovane suora dagli occhi nocciola e il volto incorniciato
dal soggolo bianco le sorveglia da sotto il suo ombrellone a
spicchi gialli e rossi che risaltano sul nero della scogliera, in 25
quella grande aria che arriva dal mare. Passa al largo qualche
motoscafo che straccia l'acqua calma, una barca, un canotto di
gomma o un pallone colorato che segnala la presenza di un
pescatore subacqueo. Le ragazze ogni tanto chiedono qualcosa
alla suora che non ha mai motivo di rimproverarle, qualcuna 30
si intrattiene a chiacchierare con lei. C'è, nel loro atteggiamento di ragazze cui il mare comunica una gioia infantile e negli
sguardi curiosi che rivolgono in giro, una certa innocenza resa
ancor più commovente dal loro piccolo passato e dai motivi per
cui si trovano in quel collegio.   35

All'una in punto un piccolo autobus viene a prenderle ed esse
dopo aver raggiunto la strada saltando sugli scogli come
caprette vi salgono su di furia con le spalle e i nasi leggermente spellati dal sole.

Ercole Patti: *Diario siciliano* (Bompiani, 1971)

2. Acireale: cittadina della Sicilia.   5. tolte a: *taken away from*.   11. piazza: *plants*.   12–13. si tolgono: *they take off*.   19. rotocalchi: *magazines*.   21. paperelle: *ducklings*.   21–2. non si allontanano da dove si tocca: *they don't go out of their depth*.   24–5. a spicchi: *in sections*. 38. di furia: in gran fretta.

[87]

1 Con l'aiuto di Giuseppe Masini, sindaco di Bovolone – un Comune di diecimila abitanti a sud di Verona, che oggi è il cuore della zona del mobile antico – abbiamo potuto risalire alle origini di questa attività artigianale che ha radicalmente
5 trasformato una zona agricola la quale, se non poteva dirsi depressa, com'era ed è sempre la parte ancora più a sud della provincia veronese, non poteva essere certo considerata tanto prospera.

A Cerea, anzi nella frazione di Asparetto, in base alle indica-
10 zioni del sindaco di Bovolone, che non è certamente ammalato di campanilismo, abbiamo scoperto il capostipite, ormai scomparso, di questa attività. Si deve risalire all'altro dopo-guerra, quando ai primi degli anni venti un falegname tornato dal fronte, Giuseppe Merlin, quasi per caso cominciò a
15 restaurare alcuni mobili antichi affidatigli da una famiglia del luogo.

Il lavoro, per lui nuovo, riuscì bene al Merlin, che vi prese gusto e lo continuò in proprio, mettendosi poi a cercare nei paesi vicini mobili antichi, ed a restaurarli e a rivenderli. Dopo
20 una quindicina d'anni egli aveva formato addirittura una piccola scuola professionale di apprendisti. Intanto dalla sua bottega erano usciti altri artigiani, e altri artigiani ancora continuano ad uscire, un anno dopo l'altro, dalle nuove bot-teghe che nascono dalle precedenti.

25 Oggi a Bovolone vi è una scuola di disegno, di intaglio, di ebanisteria che è frequentata da parecchie decine di giovani e da alcuni anziani. Le botteghe, parecchie centinaia sparse fra i diversi comuni della 'via del mobile', danno lavoro ad alcune

migliaia di addetti, che i maestri di bottega si contendono a
furia di biglietti da diecimila.   30

Non sono tutti mobili antichi quelli che qui si lavorano. Qui
si fabbricano, ora, ed in numero molto maggiore, mobili di
stile antico. Ed anche fra questi vi è una distinzione: tutti di
stile antico, alcuni dei mobili sono fatti con legno antico, altri
con legno stagionato a lungo, ma non propriamente antico. I   35
compratori, però, vi dicono che questi artigiani non cercano
mai di confondervi. Essi distinguono sempre, e ve lo dicono,
fra i mobili veramente antichi, restaurati o rifatti, i mobili di
stile antico e di legno antico, ed i mobili semplicemente di stile
antico.   40

Angelo Conigliaro: *Italia '70*
(Mondadori e Corriere della Sera, 1971)

10–11. ammalato di campanilismo: *suffering from excessive parochialism.*
17. Il lavoro, per lui nuovo, riuscì bene al Merlin: *the job, which was new
to him, was successful.*   18. in proprio: *on his own.*   29–30. a furia di
biglietti da diecimila: *by means of ten-thousand-lire notes.*

[88]

Sono sempre in amore, le ragazze di Sanfrediano. Hanno le   1
unghie fatte per graffiare, spogliate nude la verecondia le
inghirlanda. Si prendono dieci fidanzati, ed è sempre il primo
che tornano a sposare, e costui, la sua, la troverà vergine di
sicuro, ed esperta nel baciare. Ma se lui ritarda a voler far la   5
pace, se nel frattempo non è abbastanza geloso, oppure dà a
divedere di esserlo, e non amoreggia con delle *cimbardose* di
un diverso rione, se si mette con un'altra ragazza di Sanfrediano, e ci si lega, lei, 'per fargli dispetto', si darà a chi le
capita, al più antipatico, possibilmente, tra coloro che la   10
corteggiano. E glielo farà sapere. Allora lui l'aspetta dove lei
lavora, o sulla porta di casa, la prende a schiaffi e poi le ordina
di affrettarsi col corredo, tra pochi mesi si debbono sposare,
non era questo l'accordo, a primavera? Naturalmente, gli
schiaffi, ma a pugni chiusi, prima che a lei li avrà dati a colui che   15

93

se l'era goduta, il quale si difenderà più che passare all'offen-
siva. Questo, s'intende, in generale, che capita quando capita,
ma capita più volte, tra la morte dell'uno e l'altro Papa. Di
solito, le ragazze fanno abbastanza per lasciar capire qual è il
20 momento in cui lui deve tornare, e lui, se è proprio *lui*, il
primo, non aspetterà che scatti la lancetta dell'orologio.

Vasco Pratolini: *Le ragazze di Sanfrediano*
(Vallecchi, 1952)

2–3. la verecondia le inghirlanda: *modesty wreathes them round.* 4. la sua:
la sua ragazza. 6–7. dà a divedere di esserlo: *shows that he is (jealous).*
7–8. cimbardose di un diverso rione: ragazze di un'altra parte di Firenze.
9. e ci si lega: *and is serious about her.* 18. tra la morte dell'uno e l'altro
Papa: a ogni morte di Papa *is the Italian equivalen tof 'once in a blue moon',
so here the phrase means 'not all that rarely'.*

[89]

1 Ormai è dimostrato, questi poveri pi-esse non li ama proprio
nessuno. Non gli operai che, si capisce, faticano a immaginar-
seli senza scudo, celata e manganello. Ma neppure la brava
gente che se ne serve: applaude, all'occorrenza li decora, ma
5 davanti a fatti nuovi e traumatizzanti come la manifestazione
silenziosa di giovedì 21 (70 poliziotti che all'ora della libera
uscita attraversano in riga per tre il centro, per protestare
contro gli stipendi miseri e i regolamenti borbonici) gli nega
anche una parola di solidarietà e li abbandona senza rimorsi ai
10 loro giudici naturali. 'Tutti sudditi, tutti soldati': lo slogan di
origine sabauda vale ancora, e nel caso dei poliziotti vale due
volte. Di conseguenza due ragazzi del reparto celere, Ermanno
Papa e Mario Trevi, sono stati spediti al carcere militare di
Peschiera, dove rischiano di rimanere per due anni, e altri
15 cinquanta sono stati trasferiti, dispersi in reparti sicuri, e
quando finirà il periodo non gli rinnoveranno neppure la
ferma.

La decimazione è stata automatica. 'Appena in caserma

94

s'è saputo della nostra manifestazione,' racconta uno dei marciatori, vent'anni, faccia da contadino, 'è successo il 20 finimondo. Tutti a rapporto, i marescialli e gli ufficiali ci trattavano come pezze da piedi, urlavano che ci avrebbero spediti tutti al carcere militare, minacciavano di non farci trovare mai più lavoro nella vita borghese. Pochi fra noi hanno saputo resistere con dignità. Molti piangevano, e afferravano le 25 mani dei superiori, e le baciavano supplicando di essere perdonati perchè erano stati ingannati. Così non è stato difficile al colonnello arrivare a quelli che si erano esposti di più nell'organizzare la marcia silenziosa.'

                    L'Espresso, 7 novembre 1971

[90]

Finalmente il convoglio di macchine svoltò in via Veneto. 1 Raggiungere l'amico con le due ragazze significava, probabilmente, finire in casa sua: whisky, dischi, che fate, ve ne andate di già?, restate, mangiate qualcosa, andiamo a vedere che c'è in cucina; mangiare e poi – dinanzi ai piatti sporchi, ai posa- 5 cenere colmi di noccioli d'olive, pelli di salame e mozziconi – indugiare trattenuti dall'inerzia, mentre il tempo passa, la notte si sbrindella, si lacera, mostrando tra gli ultimi clementi angoli d'ombra il chiarore sinistro del mattino. Oppure finire a letto con una di quelle due e dopo: vai prima tu? sì, grazie, 10 passa passa, scusa, ora vado io, sigaretta?, carino, è stato carino, sei stata molto carina, ci vediamo, combiniamo, ceniamo, ci telefoniamo, dammi il tuo numero, dove lo scriviamo? – la ricerca di un pezzo di carta, di una matita – dovremmo

15 portarli stampati addosso, i nostri numeri, come gli ergastolani
nelle fotografie, meglio ancora tatuati sul petto, che ne dici?
Hai ragione, sei proprio divertente, tu, fai l'amore con allegria; altro che allegria, bisogna accompagnarle a casa, fino a
uno di quei monti del diavolo – Monte Mario, Monte Verde,
20 Monte Sacro – la prima a destra, adesso a sinistra, ancora a
sinistra, ecco, no, più avanti, l'altro cancello . . . Quuuui . . . ah,
è carino qui – pensando: io, nemmeno morto – sì, è carino, c'è
un po' di verde dietro, sei stato carino ad accompagnarmi, un
bacino, *bye*, traversano il giardino del caseggiato come uccelli
25 svolazzanti dalle lunghe gambe, bisogna aspettare che aprano
la porta, che entrino, ancora *bye* con la mano, e anche questa è
fatta. L'indomani un salutino: innumerevoli salutini s'incro-
ciano sui fili del telefono, da Monte Mario a Trastevere, da
Monte Verde ai Parioli, un salutino soltanto, è stato carino
30 iersera, molto carino, dormito bene? sei un vero uomo, dai!,
giuro, si prova un senso di protezione accanto a te, innumerevoli campanelli squillano, chiamano, insistono nelle mono-
camere deserte, presso i letti-divano ancora disfatti, soltanto un
salutino, che fai oggi?, è la voce stessa della solitudine, del
35 vuoto, del nulla, che chiama aiuto.

Alba De Cespedes: *La bambolona* (Mondadori,
1967)

3–5. che fate, ve ne andate di già? . . . andiamo a vedere che c'è in cucina:
*conventional conversational phrases; the same device is used throughout the
piece.* 8. si sbrindella: *wears away.* 15. ergastolani: *life prisoners.*
18. altro che allegria: *happily my foot!* 19. quei monti del diavolo:
those damned hills (referring to the hills of Rome). 22. io, nemmeno morto:
I wouldn't live here if I was dead. 24. caseggiato: *block.* 32–3. mono-
camere: *flats with one bedroom.*

[91]

1 Una bella casa quieta, le finestre danno su piazza Navona. Uno
studio dove convivono il lampadario stile Liberty e le poltrone
di cuoio dell'ultimo *design*, il tavolo che potrebbe essere uscito
dalla sala nautica di un vecchio veliero e le fredde librerie

bianche da rivista di arredamento. Il padrone di casa, si 5
direbbe, deve essere un tipo tranquillo, uno di quei tipi che
sono disposti a tutto pur di non avere fastidi.

E invece qui dentro c'è Indro Montanelli, un uomo che è
sempre andato in cerca di guai con la vocazione irresistibile e
caparbia della pecora nera. Nella storia del nostro Paese, 10
Montanelli è uno dei rari giornalisti che siano riusciti a
spingere il governo su una certa strada, imboccata troppo
timidamente. A spingerlo avanti a furia di articoli e di invettive.
Montanelli voleva la legge speciale per Venezia. Ha fatto
l'inferno per quattro anni. E adesso è arrivata la legge speciale 15
per Venezia. Una grossa vittoria, dunque.

'E non è vero niente,' ringhia invece Montanelli. 'Intanto,
se ero solo non succedeva. Ci sono stati altri giornalisti che si
sono battuti con me. E chi non poteva fare altrettanto è stato
zitto: è già molto, coi tempi che corrono. Ma poi, che cosa 20
abbiamo concluso? Il governo si è mosso, d'accordo, questo è
già un risultato. È quasi un miracolo, considerando che da un
anno sono tutti fermi a vedere chi vince la corsa al Quirinale.
Ma la legge non ha detto nulla di quello che doveva dire. È il
solito compromesso. Il solito pateracchio.' 25

Aggiunge alcuni termini assolutamente irriferibili contro
quelli là, non si capisce se *quelli là* siano i ministri, o i parla-
mentari, o gli amministratori di Venezia, forse sono tutti
insieme o forse l'invettiva è universale, si abbatte su chiunque
dice una cosa e poi ne fa un'altra. 'È inutile,' riprende rab- 30
bioso, 'mi scappa dalla pelle. Ci sono due interessi inconcilia-
bili, quelli di Venezia e quelli delle industrie di Mestre e di
Marghera. E ci sono duecentocinquanta miliardi che il mondo
ha offerto a Venezia. Cosa fa il governo? Prende i miliardi e li
mette in mano a quelli che vogliono la morte di Venezia.' 35

Beve il caffè, catastrofico e furibondo come un innamorato
tradito. Nello studio c'è un silenzio da poligono dopo i colpi
del plotone d'esecuzione. Ne approfittiamo per chiedere come
mai lui toscano si è preso così a cuore la causa di Venezia.

'Ma per forza,' riprende. 'È stato dopo l'alluvione di 40
Firenze. Mi dicevo, guarda come può morire una città, una
città che appartiene al mondo. Tutti si davano da fare, era bello

97

vedere come si davano da fare, nella disgrazia: e tu sai cosa sono
carogne i miei compaesani, ma vagli a toccare Firenze . . . Bene,
45 mi dicevo, questo è l'Arno, è una forza della Natura. Ma a
Venezia non c'entra, la Natura. Venezia muore perchè sono
gli uomini che vogliono farla morire. Hanno impiantato le
industrie, continuano a sviluppare le industrie, faranno benissimo: ma perchè proprio lì? Ci fosse già stata una base, ma
50 in pratica non c'era niente. Dovevano partire da zero e io mi
domando perchè sono partiti a Mestre e a Marghera, quando
c'era tutto il Polesine, per esempio. O qualsiasi altro posto, ma
non lì, a soffocare Venezia.'
    'È un fatto delinquenziale,' prorompe. 'È uno dei peggiori
55 delitti del dopoguerra. Ma cosa vuoi? Le parole non bastano,
non c'è una parola che basti, per dire quello che sono.'

Epoca, 7 novembre 1971

1. piazza Navona (a Roma). 8. Indro Montanelli: famoso giornalista e
scrittore; collabora regolarmente al *Corriere della Sera*; vedi brano
numero 38. 13. a furia di: *by dint of*. 15–16. la legge speciale per
Venezia: legge che autorizza il governo italiano ad accettare il prestito
proveniente da vari paesi del mondo per salvare Venezia. 19. altrettanto:
lo stesso. 23. la corsa al Quirinale: la corsa per diventare il nuovo
presidente della Repubblica (*the Quirinale is the President's official
residence*). 25. pateracchio: (*colloquial*) *agreement*. 26. irriferibili:
unprintable. 27. quelli là: '*Them*'. 31. mi scappa dalla pelle: *I'm just
exploding with it*. 43. cosa sono: come sono. 44. ma vagli a toccare
Firenze: *but just try touching Florence*. 45. Arno: il fiume di Firenze.
48–9. faranno benissimo: *maybe they're absolutely right*. 49. Ci fosse già
stata: *had there already been*. 52. Polesine: *the mouth of the Po*. 55. Ma
cosa vuoi?: (*approximately*) *but there you are!*

[92]

1 Nel corridoio discreto, varie persone, camerieri, signori, la mia
impertinente, s'accalcavano davanti a una porta. Qualcuno,
sottovoce, esclamava qualcosa.
    Poi la porta si spalancò, e piano, con molti riguardi, due

camici bianchi portarono fuori una barella. Tutti tacquero e 5
fecero largo. Sulla barella era distesa una ragazza – viso gonfio
e capelli in disordine – vestita da sera di tulle celeste, senza
scarpe. Benchè avesse le palpebre e le labbra morte, s'indo-
vinava una smorfia ch'era stata spiritosa. Guardai d'istinto
sotto la barella, se gocciava sangue. Cercai le facce – erano le 10
solite, chi sporgeva le labbra, chi pareva ghignasse. Colsi
l'occhio della mia cameriera – stava correndo dietro la barella.
Sulle voci sommesse del crocchio (c'era pure una signora in
pelliccia e si torceva le mani) si levò quella di un dottore – uscì
dalla porta asciugandosi le mani – e dichiarò ch'era finito, si 15
levassero dai piedi.

La barella sparì per le scale, sentii esclamare: 'Fa' piano.'
Guardai di nuovo la mia cameriera. Era già corsa a una sedia in
fondo al corridoio, e tornava col vassoio del tè.

'S'era sentita male, che disgrazia,' disse entrandomi nella 20
stanza. Ma le brillavano gli occhi e non si tenne. Mi disse ogni
cosa. La ragazza era entrata in albergo al mattino – veniva sola
da una festa, da un ballo. S'era chiusa nella stanza; non s'era
mossa tutto il giorno. Qualcuno aveva telefonato, l'avevano
cercata; un questurino aveva aperto. La ragazza era sul letto 25
moribonda.

La cameriera continuava. 'Prendere il veleno a carnevale,
che peccato. E i suoi sono così ricchi . . . Hanno una bella villa
in piazza d'Armi. Se si salva è un miracolo . . .'

Le dissi che volevo dell'altr'acqua per il tè. E che non si 30
fermasse più sulle scale.

Ma quella notte non dormii come avevo sperato e girandomi
nel letto mi sarei data dei pugni per aver messo il naso nel
corridoio.

Cesare Pavese: 'Tra donne sole', dai *Romanzi*
(Einaudi, 1961)

1–2. la mia impertinente: la mia cameriera impertinente. 2. s'accalcavano: *crowded*. 4–5. due camici bianchi: *two men in white coats*. 11. chi
sporgeva le labbra, chi pareva ghignasse: *someone sticking out their lips,
someone who seemed to be sneering*. 13. crocchio: gruppo. 15–16. si
levassero dai piedi: *that they should all clear off*. 21. e non si tenne: *and
she couldn't control herself*. 25. questurino: poliziotto. 33. mi sarei
data dei pugni: *I could have hit myself*.

[93]

1 Amendola siede nel suo ufficio al quinto piano del famoso
palazzo di via delle Botteghe Oscure. Un ufficio 'francescano',
arredato alla meglio, con mobili di serie e pareti nude nude.
Compie sessanta quattro anni proprio questo mese. Dal 1935,
5 è felicemente sposato con Germaine, una signora della media
borghesia francese. Veste un completo grigio che gli sta largo
ai fianchi perchè nel giro di pochi mesi, seguendo una rigida
dieta di carne ai ferri e 'potages' di verdura, è riuscito a
dimagrire di trentatrè chili (da centotrentasette a cento-
10 quattro).

'Negli ultimi anni,' osserva, 'la *Domenica del Corriere* è
molto cambiata. Anche lei segue i tempi.' Parla con tono
bonario, distaccato, ma dietro la facciata non è difficile avver-
tire un temperamento irrequieto, impulsivo, che gli deriva da
15 un'adolescenza piuttosto disordinata. Suo padre, Giovanni, era
ministro delle Colonie nel governo Facta, venne aggredito dai
fascisti nel 1926 e in seguito a questa aggressione morì. Sua
madre, Eva Khun, era un'insigne saggista russa, poco incline a
occuparsi della casa e dei figli. 'A sedici anni,' dice Giorgio
20 Amendola, 'frequentavo il liceo romano Visconti, ma avevo
mille altri interessi. Mi piacevano le ragazze, tiravo il pugilato,
facevo sci, mi occupavo di politica nelle file dei movimenti
democratici liberali, ero appassionato di teatro.'

Questa passione per il teatro, e per Pirandello in particolare,
25 lo portò a fondare, assieme a un altro 'giovane leone' della
capitale, Galeazzo Ciano, la 'Compagnia degli sciacalli', una
specia di claque alla rovescia che dal loggione dell'Augusteo
bocciava a fischi, urla e tafferugli tutte le opere che peccavano
di romanticismo e di tradizionalismo. Bello, di corporatura
30 prestante (un 'fusto', si direbbe ora), piantagrane facile di
mano, era corteggiatissimo dalle compagne di scuola, una
specie di *latin lover* degli inizi del secolo. Risale a quest'epoca,
per esempio, un suo famoso e movimentato flirt con Edda
Mussolini, che diventerà poi la signora Ciano. Le avventure

femminili, tuttavia, non gli facevano trascurare la politica. 35
Seguendo la tradizione di famiglia, fu sempre decisamente
antifascista: al liceo Visconti non passava giorno che, con i suoi
compagni di idee, non si prendesse a botte con le camicie nere,
e il più delle volte le buscava, tornando a casa pesto e ammac-
cato. 'Alla fine,' racconta, 'mio padre mi portò in un negozio di 40
via Grebero e mi regalò un bastone di nerbo di bue con l'anima
d'acciaio. "Così, almeno," mi disse dandomi una pacca sulle
spalle, "potrai difenderti meglio, altrimenti una volta o l'altra
ti ammazzano di bastonate." '

Dopo la tragica morte del padre, nel 1926, Giorgio Amen- 45
dola, colpito dallo shock, ebbe una profonda revisione critica,
finchè nel 1929 finì per aderire al partito comunista, al quale ha
dato tutte le sue energie dapprima come semplice iscritto poi
come membro del comitato centrale e presidente della sezione
economica. 'Adesso, però,' dice, 'sono molto cambiato. Una 50
volta ero molto più violento; scattavo, urlavo, tanto che ero
diventato famoso per i miei accessi di collera. Ma poi mi
passava subito perchè, in fondo, i proverbi hanno ragione: can
che abbaia non morde . . . '

Norberto Valentini: *Domenica del Corriere,*
16 novembre 1971

1. Amendola: Giorgio Amendola, un dirigente del Partito Comunista
Italiano. 3. arredato alla meglio: *furnished with bits and pieces.* 3. mobili
di serie: *standard furniture.* 3. nude nude: *absolutely bare.* 6. completo:
suit. 16. Facta: Luigi Facta, uomo politico; fu presidente del consiglio
nel 1922. 18. un'insigne saggista russa: *a noted Russian essayist.*
27. claque alla rovescia: *group of fans in reverse.* 27. loggione dell'
Augusteo: *gallery of the Augusteo Theatre.* 28. bocciava: *condemned.*
30. 'fusto': *a gorgeous hunk of man.* 30–31. piantagrane facile di mano:
troublemaker and quick with his fists. 39. le buscava: *he caught it.*
41–2. un bastone di nerbo di bue con l'anima d'acciaio: *a sort of riding
whip with a steel spine.* 53–4. can che abbaia non morde: *barking dogs
don't bite.*

1 EDOARDO: Oh prego, si accomodi. [*La giovane, camminata e movimenti torpidi, si siede. Edoardo è imbarazzato dal modo di guardarlo fisso che ha la ragazza, dal tono per nulla di domestica, dal suo mutismo: non ha capito ancora come si deve*
5 comportare.] Non vorrei che si fosse sbagliata.

LA CAMERIERA: No.

EDOARDO: È il nostro indirizzo che le ha fornito l'Agenzia?

LA CAMERIERA: Sì. [*Prende dalla borsa la bolletta dell'Agenzia e gliela porge, Edoardo legge e annuisce.*]

10 EDOARDO: Noi cercavamo una . . . una [*non osa dire 'cameriera'*] governante.

LA CAMERIERA: Una donna a mezzo servizio . . .

EDOARDO [*ridendo*]: Sì, appunto. [*Pausa.*] Siamo io e il mio amico, soli. [*La cameriera annuisce. Con un moto di riso-*
15 *luzione*] Beve qualcosa? [*Va al tavolo.*]

LA CAMERIERA: Se ha un succo di frutta . . .

EDOARDO [*con disappunto, cortese*]: Ah, questo no! Mi dispiace.

LA CAMERIERA: Fa niente. Tanto non ho sete. [*Pausa.*]

20 EDOARDO: Che facciamo?

LA CAMERIERA: Faccia lei. [*Pausa.*]

EDOARDO [*ha una seconda risoluzione*]: Balliamo?

LA CAMERIERA: Come vuole. [*Si alza. Edoardo guarda lei, guarda il grammofono poi va al grammofono e avvia il motore.*
25 *Dopo un attimo parte* Il Trovatore *dal punto dove era stato interrotto: 'M'avrai, ma fredda, esanime spoglia'.*]

EDOARDO: Oh, scusi, è il Trovatore.

LA CAMERIERA: Lasci pure, se è per me non importa, sa. [*È in piedi in attesa che lui l'abbracci per ballare. Edoardo la*
30 *fissa e comprende che non deve fare altro. La prende tra le braccia e iniziano a ballare cercando di concordare i passi sul duetto del conte e Leonora. La cameriera gli si stringe con molta intenzione sicchè Edoardo ballando la porta nella sua stanza.*]

Giuseppe Patroni Griffi: *D'amore si muore*
(Garzanti, 1965)

1. si accomodi: *please sit down.* 1–2. camminata e movimenti torpidi: *whose walk and movements are lethargic.* 3–4. per nulla di domestica: *quite unlike those of a maid.* 9. annuisce: *nods.* 12. a mezzo servizio: *part-time.* 19. Tanto: *Anyway.* 21. Faccia lei: *you decide.* 26. 'M'avrai, ma fredda, esanime spoglia': '*You shall have me, but only as a cold, dead body*'.

[95]

Le trasmissioni televisive ammontano complessivamente a oltre 5.000 ore l'anno, nella quasi totalità diffuse sulle reti nazionali. Le trasmissioni in rete nazionale sono diffuse su due reti: quella del Programma Nazionale e quella del Secondo Programma.

Il Programma Nazionale, sul quale vanno in onda i tre quarti dell'intera produzione, in genere estende le sue trasmissioni lungo tutto l'arco della giornata, con una pausa nelle ore del primo pomeriggio. Il Secondo Programma svolge invece la sua attività solo durante le ore pomeridiane e serali – il criterio di impostazione dei programmi consiste nell'assicurare costantemente al pubblico, nelle ore di simultaneo funzionamento delle reti, una possibilità di scelta tra singole trasmissioni di genere diverso. Un vasto impegno caratterizza il settore della drammatica televisiva, che accoglie drammi e commedie del repertorio classico e moderno, originali televisivi, riduzioni di opere letterarie e romanzi sceneggiati a puntate.

La produzione di drammatica è affiancata da un misurato ricorso ai film e ai telefilm del commercio. Per offrire agli spettatori, oltre che un'occasione di svago, anche utili elementi di informazione e di guidizio, i film sono generalmente riuniti in cicli e rassegne organiche intese ad illustrare le correnti, i generi, i registi e gli attori più rappresentativi della cinematografia mondiale.

I programmi di rivista e varietà, che si avvalgono della partecipazione dei più noti nomi dello spettacolo e della canzone, si sono affermati in televisione come un genere

originale, nettamente caratterizzato rispetto ai modelli tea-
30 trali o radiofonici.

L'articolazione dei programmi per i ragazzi è la piu vasta e
differenziata possibile, in relazione sia alle molteplici esigenze
funzionali – di informazione, di cultura, di svago – che essi
devono soddisfare, sia ai diversi livelli di età e di evoluzione
35 psicologica del pubblico cui sono destinati.

L'attività della RAI nel settore delle trasmissioni scolastiche
ha avuto inizio nel novembre 1958 e continua tuttora. Le
trasmissioni educative per gli adulti, invece, hanno avuto
inizio nel 1960 con i corsi di 'Non è mai troppo tardi', destinati
40 agli adulti analfabeti e semianalfabeti.

Nel settore dei programmi informativi va citato innanzitutto
il Telegiornale, diffuso ogni giorno in quattro edizioni, di cui
tre sul Programma Nazionale (alle 17,30, alle 20,30 e alle 23
circa in chiusura dei programmi) ed una sul Secondo Pro-
45 gramma (alle 21). Il Telegiornale occupa da solo oltre un terzo
del tempo dedicato ai programmi informativi, raggiungendo
una incidenza di oltre il 10% sull'insieme dei programmi
televisivi. Esso è costituito di servizi filmati o registrati, letture
dal vivo dello speaker (eventualmente integrate da diapositive),
50 collegamenti diretti con i corrispondenti all'estero, interventi di
giornalisti qualificati che illustrano i maggiori avvenimenti di
politica estera e interna e i principali fatti economici e di
cronaca. La vita e gli avvenimenti regionali trovano la loro sede
naturale nella rubrica quotidiana 'Cronache Italiane', che
55 precede il Telegiornale delle 20,30.

I servizi sportivi, infine, si articolano essenzialmente in tre
gruppi di trasmissioni: i notiziari, destinati a fornire una
informazione rapida e riassuntiva degli avvenimenti agonistici;
le telecronache, cui è affidato il compito di assicurare al pubblico
60 una più diretta partecipazione allo svolgimento delle gare; e le
rubriche di attualità, come 'Sprint' e 'La domenica sportiva',
volte anche ad una valutazione critica dei fatti dello sport.

Questa è la RAI, a cura del Servizio
Documentazione e Studi della RAI, 1967

8. lungo tutto l'arco della giornata: *throughout the day.*   11. impostazione: (*in this case*) *choice.*   20. del commercio: *made by other companies.* 26–7. che si avvalgono della partecipazione: *which use.*   31. L'articolazione: *the range.*   36. RAI: Radio Audizioni Italiane.   47. incidenza: *total.*   49. eventualmente: se necessario.   49. diapositive: *slides.*

[96]

L'emigrazione americana verso l'Europa è cresciuta di anno in 1
anno. Si tratta per lo più di impiegate e piccole borghesi. Si
uniscono in gruppo sotto la guida di un'istitutrice, e viaggiano
facendo vita in comune. Salgono nei treni con grossi libri
rilegati, solidi, libri per lunghi viaggi, di almeno cinquecento 5
pagine. Hanno poche curiosità, e leggono per ore e ore nei
viaggi senza levare gli occhi sul paesaggio che svolge davanti al
finestrino i colli, i campi, le case rustiche, gli alberi. Di quando
in quando l'istitutrice avverte una di tirarsi la gonnella troppo
corta, imposta dalla moda europea, sulle calze. All'arrivo 10
danno un'occhiata indifferente attorno, e dopo un'ora sono
nella sala dell'albergo a leggere il *Literary Digest* o il *Daily
Mirror*. Pochissime curiose, quando vi piantano gli occhi in
faccia, non dissimulano un certo stupore che confina con
l'indignazione. Una di queste aveva girato il mondo, e andava 15
come se fosse condannata a viaggiare. Non ricordava niente, e
a ogni domanda sulle contrade vedute rispondeva di avere con
sè una fotografia del posto. Aveva due o tre idee fisse e non
voleva rendersi conto d'altro che di quelle: una era il Futu-
rismo. Una sera la trovai in Piazza di Spagna, sperduta, im- 20
paziente, e con una grazia insofferente nei lineamenti di donna
pallida che arrossisce facilmente, come è degli anglosassoni e
in modo eminente delle svedesi che arrossiscono tutte fin nella
scollatura. Aspettava un uomo, e pareva lo facesse contro ogni
suo volere e che si vergognasse. 25

Corrado Alvaro: *Quasi una vita* (Bompiani,
1951)

2. Si tratta per lo più di: *it concerns for the most part.* 19. rendersi conto d'altro che di quelle: *to take into account anything except them.* 23-4. fin nella scollatura: *right down to the low-cut line of their dresses.*

[97]

L'UGUAGLIANZA

1   Fissato ne l'idea de l'uguajanza
un gallo scrisse all'Aquila: – Compagna,
siccome te ne stai sulla montagna
bisogna che abbolimo 'sta distanza:
5   perchè nun è nè giusto nè civile
ch'io stia fra la monnezza d'un cortile,
ma sarebbe più commodo e più bello
de vive ner medesimo livello. –

L'Aquila je rispose: – Caro mio,
10   accetto volentieri la proposta:
volemo fa' amicizzia! so' disposta:
ma nun pretenne che m'abbassi io.
Se te senti la forza necessaria
spalanca l'ale e viettene per aria:
15   se nun t'abbasta l'animo de fallo
io seguito a fa' l'Aquila e tu er Gallo.

Trilussa: *Poesie* (Mondadori, 1951)

Questa poesia, benchè abbastanza facile da capire, è in dialetto romano. Le note danno la traduzione italiana di vocaboli o frasi in romanesco. 1. uguajanza: uguaglianza. 4. abbolimo: aboliamo. 4. 'sta: questa. 5. nun: non. 6. monnezza: immondizia. 7. commodo: comodo. 8. de vive: di vivere. 8. ner: nel. 9. je: gli. 11. volemo fa' amicizzia!: vogliamo fare amicizia! 11. so': sono. 12. pretenne: pretendere. 13. te: ti. 14. l'ale: le ali. 14. viettene: vieni. 15. se nun t'abbasta l'animo: se non ti basta l'animo (se non hai il coraggio) 15. de fallo: di farlo. 16. io seguito: io continuo. 16. fa': fare. 16. er: il.

[98]

Le bottiglie di vino pregiato andrebbero, dunque, conservate ı
in posizione orizzontale affinchè il sughero, restando, così,
sempre umido di vino, non si secchi, non si raggrinzisca e
ritiri, lasciando finalmente passare aria. Ma questa pratica,
teoricamente ineccepibile, è poi, praticamente, inattuabile se 5
non da parte dei grandi commercianti, grandi ristoratori, o
facoltosissimi privati che dispongono di perfette cantine:
sebbene anche costoro devono essere matematicamente certi,
prima di *coricare* le loro bottiglie, che provengano da una
cantina, o da un magazzino, dove, fino a poco prima, siano 10
state tenute in posizione orizzontale. Perchè capita questo: se
una bottiglia di vino pregiato resta qualche tempo (diciamo un
mese, d'inverno; ma, d'estate, o se il luogo è riscaldato, bastano
anche pochi giorni) in posizione verticale, allora è meglio,
molto meglio, continuare a tenerla verticale: perchè in quel 15
breve tempo il sughero ha certamente subito un inizio di
rinsecchimento, e, per fatale effetto, se poi si torna a coricarla, il
vino prende sapore di tappo.

La risposta definitiva e pratica è, perciò, esattamente il
contrario della risposta iniziale e teorica. Quando si è dubbiosi 20
sulla posizione conservata dalle bottiglie nel luogo o nei luoghi
di permanenza precedenti, è sempre meglio tenere le bottiglie
verticali: anche se, alla lunga, si va incontro all'inevitabile
rinsecchimento del sughero. Ultimo consiglio: tenerle diritte,
e non aspettare mai troppo a 'fare la prova'.   25

Mario Soldati: *Vino al vino* (Mondadori, 1969)

9. coricare: (*for wine*) *put down.*   16. subito: *undergone* (*pronounced*
subito (*from the verb* subire), *and not to be confused with* subito, *at once*).
25. 'fare la prova': *taste them.*

1 Alceste Dioguardi, comunque, s'era guadagnato il nome di
Bordino per aver condotto, nella gran parte della sua vita, un
tassì tenuto a bulloni, viti e filo di ferro: il che non gli impediva,
quando gli girava storto, corse spericolate e assolutamente
5 arbitrarie. E la gente ricordava: le curve come le prendeva lui,
da giovanotto, altro che Nuvolari o Bordino ...

Sulla sua automobile, aveva ospitato persino Mussolini, una
volta che era calato in Emilia per un discorso, e aveva stupito il
fatto che avessero scelto proprio lui, comunista matricolato,
10 bastonato e messo al confino. Ma il Duce aveva ottima memoria
e altrettanto ne aveva Bordino. Per cui il primo si ricordava di
quando, maestro nei pressi di Parma, aveva trattato alla pari
l'Alceste, essendo a sua volta trattato alla pari da lui; così come
Bordino si ricordava certe dispute a livello di carrettiere,
15 riconoscendo al 'fondatore' un bello spirito se ora andava a
cercarlo.

'La sifilide il sottoscritto? Ma io ti spacco quel grugno!' gli
aveva gridato Bordino a un tavolo d'osteria. 'Te, piuttosto. Ed
è notorio!' Era finita a schiaffi.

20 E c'era stato un altro episodio. Quando si posò la prima
pietra del monumento a Corridoni. Ecco quanto scrivono le
cronache: 'La prima pietra di quel monumento venne posata
nel maggio 1924, presenti, con le autorità e molto pubblico, la
madre, in gramaglie, dell'eroe, e Benito Mussolini, il quale
25 sceso con adatta scaletta nella fondamenta, stesa con lucida
cazzuola e con la disinvoltura propria di un bravo muratore, un
po' di malta tolta da un altrettanto lucido recipiente, e fatta
scorrere su di essa la pietra appesa a un cavo, ebbe a pronun-
ciare la nota massima *impara l'arte e mettila da parte*.' Ma la
30 cronaca non dice che dalla folla sortì un grido: 'Bagolòn!' Il
Duce, conoscendo il dialetto locale, sapeva benissimo che
significava bugiardo. E immediatamente notò che l'insulto
veniva seguito, fuori dalla moltitudine, da chi lo aveva lanciato.
Bordino andò a mettersi sotto il palco. Il Duce lo riconobbe e

lo salutò con un sorriso impassibile, dicendo: 'Ce l'hanno 35
insegnato insieme, Dioguardi Alceste. Contär dil bali fa parte
della buona politica.'

E così si salvò.

Alberto Bevilacqua: *Una città in amore*
(Rizzoli, 1970)

4. quando gli girava storto: *when he was in a bad mood.*   6. altro che
Nuvolari o Bordino: *Nuvolari or Bordino (racing drivers) weren't in the
same class.*   8. calato: venuto.   9. comunista matricolato: *out and out
communist.*   10. messo al confino: *interned.*   12. maestro: *school teacher.*
12. alla pari: *as an equal.*   14. a livello di carrettiere: volgaris-
simi.   15–16 riconoscendo al 'fondatore' un bello spirito se ora andava
a cercarlo: *recognizing a certain cheek in the founder (of the fascist era)
coming to see him.*   17. La sifilide il sottoscritto? Ma io ti spacco quel
grugno!: *syphilis? Yours sincerely? I'll smash your face open!*   21.
Corridoni: uno dei primi sindacalisti ed eroe della prima guerra
mondiale.   29. impara l'arte e mettila de parte: *learn the rules and then
put them aside.*   36. Contär dil bali: *(dialect) telling taradiddles.*

[100]

A Teramo, la speculazione sui morti, sembra divenuta la più 1
fiorente delle industrie, per qualche notabile D.C.

Da vari anni, a Teramo, in occasione della commemorazione
dei defunti, un tale signor Sulpizi, col beneplacito, o meglio
autorizzato dal Comune (Amministrazione maggioranza D.C.), 5
provvede a porre sulle tombe, con fili volanti, lampade da 3
candele, per 8 giorni, ma in molti casi si riducono a 2, al
'modestissimo' prezzo di L. 800. Di tali lampade, per onorare
la memoria dei propri cari, passati a miglior vita, ne vengono
poste a migliaia.   10

La spesa per il consumo di energia elettrica, sempre per 8
giorni, risulta che, compresa tassa Comunale ed I.G.E.,
ammonta a complessive L. 28,50. Ammesso e non concesso che

altre L. 21,50 vadano a coprire tutte le altre spese – mano-
15 dopera, trasporto materiale, perdite, ammortizzamento capitale
(questo ultimo dovrebbe essere già stato largamente recuperato
negli anni precedenti) – il costo ammonterebbe ad un totale di
L. 50,00, con un margine di L. 750,00, per ogni lampada.

È chiaro che la ditta specula sui sentimenti di umana pietà
20 dei congiunti dei defunti, che fanno del loro meglio, in tale
penosa circostanza, di abbellire le tombe dei loro cari.

Poichè di tali lampade se ne installano migliaia e migliaia,
l'onesto lucro della ditta, in soli 8 giorni, ammonta all'ordine
di milioni. Si ripeterà quest'anno questa inqualificabile specu-
25 lazione? Tutto lascia prevedere di sì, nonostante che alcuni
cittadini abbiano in animo di inoltrare un esposto in proposito
alle autorità che dovrebbero stroncare l'illecito e far sì che un
modesto operaio che ha la disgrazia di avere tre o quattro
defunti, per far porre una lampada sulla tomba di essi, non sia
30 costretto, con la famiglia, al digiuno, per almeno un giorno.

Candido, 4 novembre 1971

2. D.C.: (*usually*) Democrazia Cristiana; (*in this case*) Democristiano,
a member of the Christian Democrat party.   6. fili volanti: *wire extensions*.
12. I.G.E.: imposta generale sull'entrata (*a sort of purchase tax*).   13.
L. 28,50 (50 *represents half a lira, although no such coin any longer
exists*).   26. esposto: *complaint*.

[101]

1 La vera bicicletta, quella che popola le strade della Bassa, non
ha freno e i suoi copertoni devono essere debitamente sbudellati, indi tamponati con trance di vecchie gomme, in modo da
creare nel tubo pneumatico quei rigonfiamenti che poi per-
5 mettono alla ruota di assumere uno spiritoso movimento sussultorio. Allora la bicicletta fa veramente parte del paesaggio e
non dà neppur lontanamente l'idea che essa possa servire a

dare spettacolo: come appunto succede con le biciclette da corsa che rispetto alle vere biciclette, sarebbero come le ballerinette da quattro soldi nei confronti delle brave e sostanziose donne di casa. D'altra parte un cittadino queste cose non riuscirà mai a capirle perchè il cittadino, nelle questioni sentimentali, è come una vacca nella melica. Questi cittadini che sono pieni fino agli occhi di porcherie morali, e poi chiamano 'mucche' le vacche perchè, secondo loro, chiamare vacca una vacca non è una cosa pulita. E chiamano *toilette* o *water closet* il cesso, ma lo tengono in casa mentre, alla Bassa, lo chiamano cesso ma ce l'hanno tutti ben lontano da casa, in fondo al cortile. Quello del *water* nella stanza vicina alla stanza dove dormi o mangi sarebbe il *progresso*, e quella del cesso fuori da dove vivi sarebbe la *civiltà*. Cioè una cosa più scomoda, meno elegante, ma più pulita.

Giovanni Guareschi: *Don Camillo e il suo gregge* (Rizzoli, 1953)

2–3. debitamente sbudellati: *thoroughly gutted.* 3. trance: pezzi. 5–6. uno spiritoso movimento sussultorio: *a lively bumping motion.* 7–8. a dare spettacolo: *to show off.* 9–10. le ballerinette da quattro soldi: *cheap dancers.* 11. cittadino: (*in this case*) abitante di città. 13. è come una vacca nella melica: (*literally*) *is like a cow in the millet, i.e. doesn't understand a thing.* 15. mucche: *moo-cows.*

[102]

La diminuzione di un punto nel tasso di sconto praticato dalla Bundesbank sul mercato tedesco (dal 4 al 3 per cento) e nel tasso sulle anticipazioni (dal 5 al 4) è stata attentamente analizzata dalle altre banche centrali della Cee e in particolare dalla Banca d'Italia per gli effetti che potrebbero derivarne sul mercato finanziario europeo. La diminuzione dei tassi, come la Bundesbank ha comunicato, è stata decisa insieme alle altre due misure: l'obbligo imposto alle imprese tedesche di 'sterilizzare' presso la banca centrale il 50 per cento dei debiti

10 contratti sul mercato dell'eurodollaro (con la conseguenza che
   i prestiti in quella valuta verranno ora a costare alle imprese
   tedesche il doppio del tasso corrente), e una restrizione dei
   plafond di risconto alle banche tedesche. Alla Banca d'Italia si
   calcola che quest'ultima decisione equivale a un taglio nel
15 risconto di 2,3 miliardi di marchi. In sostanza la Bundesbank
   ha adottato un 'razionamento' del credito interno abbassan-
   done tuttavia il costo e un drastico rincaro del credito stipulato
   in dollari. Carli non prevede che queste misure possano
   produrre turbamento sugli altri mercati europei.

L'*Espresso*, 5 marzo 1972

1. tasso di sconto: *rate of discount*. 4. Cee: Comunità Economica
Europea. 8–9. 'sterilizzare' presso la banca centrale: far passare
attraverso la banca centrale. 12–13. una restrizione dei plafond di
risconto: *a squeeze on re-discount*. 16. 'razionamento': *a rationing
system*. 18. Carli: direttore della Banca d'Italia.

[103]

1 È lunghissima, in una piccola città, quell'ora equivoca fra lusco
   e brusco, quando le ragazze cantano per sviare la tristezza, e i
   bambini strillano per richiamare l'attenzione: di tutto, fanno,
   per sollecitarla; e sia benvenuto anche lo scappellotto, se basta
5 a strapparli allo sgomento della solitudine; e le signore escono
   frettolose, eppure agghindate, illudendosi di dover fare spese.
   Che effetto, le campane, a quell'ora. Fosse possibile abituarcisi. Invece, no: senti che ti vogliono strappare non si sa a che:
   certo a qualcosa che ti sta a cuore, che vuoi difendere, nono-
10 stante tutto: e portarti, vorrebbero, dove non saresti in grado
   di resistere. Anche di questo oscillare è fatto il turbamento
   che invade al crepuscolo. Sempre qualche donna, per lo
   più vestita di scuro, allungava passi verso la chiesa.

Gianna Manzini: *Ritratto in piedi*
(Mondadori, 1970)

7–8. Fosse possibile abituarcisi: *if only it were possible to get accustomed to them.* 9. che ti sta a cuore: che ti è caro.

[104]

Non c'è retorica nelle celebrazioni del venticinquesimo anni- 1
versario di una data fondamentale della nostra storia recente:
quel 2 giugno del '46 che vide sia l'avvento della repubblica,
nata dalla Resistenza e dalle urne del referendum, sia la
nascita della prima assemblea elettiva del post-fascismo, la 5
Costituente chiamata a formulare la carta dei diritti e dei doveri
esaltata da Saragat nel messaggio odierno. Non c'è retorica,
abbiamo detto. C'è, piuttosto, un'occasione di ripensamento
per il cammino che il paese ha compiuto in un quarto di secolo
e per quello che ancora ci attende nei prossimi anni, travagliati 10
ma certo decisivi.

Molti dei protagonisti diretti di quei giorni non ci sono più.
Altri ricordano il clima dell'Italia di allora, le timide speranze
per il futuro, le angoscie per un passato opprimente. 'La nostra
generazione,' scriveva, dieci giorni dopo la proclamazione 15
della Repubblica, Guido de Ruggiero su queste colonne, 'è
vissuta tutta immersa in una densa atmosfera di paura: paura
di guerre, di oppressioni, di rivoluzioni, di aggressioni di ogni
sorta. E ancora oggi,' concludeva, 'la gente non riesce a
riscuotersi, a trarre un sospiro di liberazione.' 20

I più giovani, quelli che oggi hanno vent'anni e sembrano
oscillare, in parte, fra l'apatia del disimpegno e l'utopia del
rivoluzionarismo, non sanno nulla di quegli avvenimenti, dei
timori che si sono rivelati infondati.

Eppure – nonostante i traumi mai sanati dei più anziani, le 25
incertezze laceranti della generazione di mezzo, la crisi aperta
dei giovanissimi – non dovremmo mai dimenticare con troppa
disinvoltura che 'lo Stato, come scriveva Federico Chabod a
chiusura delle sue bellissime lezioni sull'Italia contemporanea
per gli studenti parigini della Sorbona, ha superato una crisi 30

formidabile. Nonostante la disfatta, nonostante che il paese
sia stato per lungo tempo diviso in due, malgrado le scosse di
ordine morale, politico, economico, l'Italia è uscita vittoriosa
dalla prova ... La nostra capacità di ripresa è stata sorpren-
35 dente.'

> Alberto Sensini: *Corriere della Sera*,
> 2 giugno 1971

4. urne del referendum: *the polls of the referendum* (*which ended the
Italian monarchy*). 6. Costituente: assemblea elettiva che formulò la
Costituzione. 10. travagliati: *full of trials.* 19–20. a riscuotersi: *to
shake themselves free of it.* 22. disimpegno: *non-committedness.* 27-8.
con troppa disinvoltura: *too easily.* 32. scosse: *shocks.* 34. capacità di
ripresa: *resiliénce.*

[105]

1 Avevo vissuto, molti anni prima, verso il 1930, nelle camere
mobiliate di Roma, e le conoscevo. Lavoravo, in quel tempo
ormai preistorico, verso Porta San Giovanni: avevo voluto
abitare laggiù, e non in un albergo del centro, per evitare la
5 perdita di tempo e la noia dei viaggi. Avevamo cercato, con un
amico, un alloggio in quella zona di piccola borghesia, attorno
alla basilica. Non c'era portone senza cartello di 'Affittasi'.
Affittare le camere è, in un certo senso, una forma, sia pur
larvata e simbolica, di prostituzione: un dare per denaro una
10 parte di sè: tutto il quartiere pareva concorde in questa
vocazione. Salivamo le scale oscure dei grandi palazzi di quella
Roma dall'architettura piemontesizzante, suonavamo alle
porte, scavalcavamo nei corridoi cenci fradici e secchi d'acqua
sporca, eravamo condotti da enormi matrone a ammirare divani
15 alla turca e salotti pieni di bambole e bagni che puzzavano di
conigrina ingombri di biancheria stesa. Dagli attaccapanni
pendevano berretti, sciabole e mantelli da ufficiale; si intrav-
vedevano letti sfatti, calze, ciabatte, sottane, si sentivano risate
e sussurri, e da una porta appena socchiusa ti soppesava, sotto

114

i neri capelli arruffati, lo sguardo losco e nero di una ragazza. 20
Noi fuggivamo quegli orrori, scendevamo le scale, e ne
risalivamo altre identiche, e dappertutto lo stesso mondo di
ufficiali, di nobili siciliani, di impiegati, di commendatori, di
ragazze, di varechina, di bambole di pezza, di letti alla turca, di
mastelli di acqua sporca, di stracci, di ascelle e di cosce mos- 25
trate furtivamente, di arido interesse e di meschina avidità, di
conti mensili, di numeri magici, dove il 27 è sacro ed arcano, di
pezze stese, di berretti della Milizia, di ottuso, continuo, sus-
surrante intrigo, di gloriosi complessi d'inferiorità e di vera
miseria.   30

Carlo Levi: *L'orologio* (Einaudi, 1963)

9–10. una parte di sè: *a part of oneself.* 12. piemontesizzante: di
imitazione dello stile piemontese. 14–15. divani alla turca: *ottomans.*
16. conigrina: *bleaching liquid.* 18. letti sfatti: *unmade beds.* 19. ti
soppesava: ti valutava. 20. losco: (*in this case*) *suspicious.* 23. commendatori: *honorary Italian title.* 24. varechina: come conigrina, sopra.
24. bambole di pezza: *rag-dolls.* 28. pezze stese: *hung-out washing.*
28. berretti della Milizia: *fascist army caps.*

[106]

L'acuto problema della disoccupazione nazionale che investe 1
ormai oltre un milione di persone ha rimesso sul tappeto la
questione dei lavoratori stranieri, compresi gli italiani, che
immigrano ogni anno in Inghilterra e vi occupano posti di
lavoro che, altrimenti, potrebbero essere coperti da cittadini 5
inglesi, diminuendone in tal modo il numero dei disoccupati.

   Il ragionamento si presenta in teoria lavato e stirato, senza
una grinza ma, in pratica, fa acqua come un ombrello bagnato.

   L'immigrazione di mano d'opera straniera in Inghilterra
costituisce infatti una assoluta necessità, per l'economia del 10
Paese, determinata dall'atteggiamento particolare dei suoi
lavatori.

Questi disdegnano di norma i lavori più umili o comunque non specializzati quali per esempio la pulitura dei treni e delle
15 stazioni, con relativi impianti igienici, oppure degli automezzi o dei convogli e relative rimesse di tutte le varie aziende di trasporti nazionali.

Inoltre, e allo stesso modo, gli inglesi sono quanto mai riluttanti ad impiegarsi come personale di fatica negli ospedali,
20 negli alberghi o nei ristoranti, per non citare che le categorie più estese e maggiormente bisognose di braccia forti e volonterose.

Ne deriva che, per scongiurare una più che possibile crisi in tutti questi settori in seguito a una pura e semplice insufficienza di mano d'opera nazionale, l'Inghilterra è in fondo ben lieta di
25 accogliere le falangi di indiani, pakistani, giamaicani, irlandesi, spagnoli, portoghesi e via dicendo che, avendone veramente bisogno per sopravvivere, non esaminano contro luce i posti di lavoro offerti, prima di accettarli.

Giampiero Rolandi: *Umanità*, 24–25 marzo 1972

2. ha rimesso sul tappeto: *has brought up once more*. 7. lavato e stirato: *water-tight* (*literally: washed and ironed*). 13. disdegnano di norma: *usually despise*. 18. quanto mai: *extremely*. 21. braccia: plurale irregolare di braccio. 22. per scongiurare: *to avert*. 25. le falangi: *the hordes*. 26. e via dicendo: *and so on*. 27. contro luce: (*approximately*) *too closely*.

[107]

1 Triste e straordinario viaggio.

La notte, in treno, dormii poco, e quel poco lamentandomi; ebbi anche freddo assai, e insomma mi pareva mill'anni che fosse giorno. E questo venne, a poco a poco, ed era di nuovo
5 quel Sud che avevo lasciato.

Non mi stancavo di guardarlo!

Tutta la penisola, dopo Arezzo, era già in fiore, e dopo Formia, sotto un cielo di nuvole bianche, gli alberi di mele

facevano un solo immenso velo di sposa, che si spiegava tutto
bianco, fino al mare azzurro e liscio, a certi rosei promontori. 10

I contadini, i piccoli mercanti, la povera gente che riempiva
il treno, o quella che dai campi o dal margine stradale alzava gli
occhi al suo rombante passaggio, aveva ora ai miei occhi un che
di arcaico, di profondamente semplice e ingenuo, che nello
strazio della mia mente rappresentava il simbolo stesso della 15
mia vita, della mia fanciullezza nel Sud. Ed ora, tutto questo
era finito. Non sarei stata una figlia del Sud mai più.

Alle dieci sono a Napoli.

Corro al Policlinico: mio padre è già stato portato via. Vedo
certi fiori gialli, per terra, nel cortile, legati con uno spago; poi 20
mia cognata, accanto al cancello, che piange e si stringe al
cuore un berretto.

Il berretto nero di mio padre, che voleva consegnarmi.

Mi aveva aspettata là di ritorno dal cimitero, sicura di
incontrarmi, e non aveva sbagliato. 25

> Anna Maria Ortese: *Poveri e semplici*
> (Vallecchi, 1967)

3–4. che fosse giorno: *before it was day*. 9. che si spiegave: *which
spread out*. 13–14. un che di: qualcosa di. 19. Policlinico: ospedale.
19. portato via: (*here*) *buried*.

[108]

Gli uomini fanno la legge: taglieggiano, minacciano, uccidono. 1
A volte vivono braccati. Tenute all'oscuro di ciò che accade, le
mogli e le madri intuiscono, sospettano, e trascorrono le notti
tremando. Non conoscono altra vita. Figlie, sorelle di mafiosi,
sono andate spose ancora bambine perchè la mafia le vuole 5
docili e ignare, sicure vestali dell'omertà. Un 'uomo d'onore'
non sposa mai una ragazza che abbia più di diciott'anni. A
diciott'anni una ragazza nubile è già una 'donna perduta' per
tutti, è una moglie infida per chi la porta all'altare: 'S'è

10 abituata a pensare da sola.' Non ci sono mai state eccezioni, e
quasi mai c'è stato un vero matrimonio d'amore. Per secoli, in
tal modo, la mafia è stata sicura del segreto.

Michele Tito: *La Stampa*, citata da Enzo
Biagi in *Dai nostri inviati in questo secolo*
(Società Editrice Internazionale, 1971)

1. taglieggiano: *extort protection money*.   2. braccati: *hunted*.   6. omertà:
Mafia conspiracy of silence.   6. 'uomo d'onore': *member of the Mafia*.

[109]

1 Ah, la 'pizza'. È dolce, è amara, è lunga, è breve, è antica, è
nuova, è sicura, è imprevedibile, è pane, è companatico, è
superlativamente buona: è la 'pizza'. Mi piace questo cibo di
poveri, commovente e pieno di simboli come l'ostia. Alla
5 'pizza' potete confidare, mentre la mangiate, qualsiasi cosa;
quanto dovete di affitto o perchè avete perduto l'impiego, chi
avete attirato in un vostro piccolo imbroglio o in che imbroglio
siete caduto; tutto potete dirle, tutto. Nessun alimento vi fa
compagnia come la 'pizza'; è una luna nel piatto, per profonda
10 che sia la notte del vostro appetito potrete sempre, su una
'pizza', orientarvi e riprendere il cammino. Di farina, di acqua,
di strutto, di pomodoro, di mozzarella e di calore si compone
la 'pizza'; badate, non solo il calore del forno che la stria di
lievi bruciature, bensì il calore umano delle dita di chi la
15 prepara. Il 'pizzaiuolo' dietro il banco, con che arte e con che
amore appiattisce e stende il cubo di pasta: sono piccoli colpi,
ora larghi e molli, ora aguzzi e penetranti, delle mani piccole e
intelligenti come quelle degli ostetrici; poi la candida piatta-
forma è pronta a ricevere il condimento: il 'pizzaiuolo' la
20 picchetta di strutto, vi sparge i triangoletti di mozzarella e un
pizzico di formaggio, vi spruzza la salsa e dice: 'Andiamo con
la pala; pronti, andiamo.' Qualche minuto trascorre, infine la

'pizza' è nata, trasalisce ancora come nel forno mentre me la
depongono davanti sul marmo del tavolino.

Giuseppe Marotta: *San Gennaro non dice mai no*
(Bompiani, 1966)

2. è pane, è companatico: *it's the bread and butter, and it's the jam.*
12. mozzarella: formaggio di latte di bufala, indispensabile per la pizza.
13. che la stria: *which stripes it.* 16. appiattisce: *beats it flat.* 19. il
condimento: (*in this case*) gli altri ingredienti. 19-20. la picchetta di
strutto: *dots it with lard.* 21. pizzico: *sprinkling.* 21-2. Andiamo con
la pala: (*approximately*) *let's go with the shovel. The* pala *is the long
wooden spoon used for putting the pizza into the oven and taking it out.*
23. trasalisce: *jumps, with the sense of bubbles.*

[110]

Fin dal primo giorno, Bartolino Fiorenzo s'era sentito dire ɪ
dalla promessa sposa:

'Lina, veramente, ecco ... Lina no, non è il mio nome.
Carolina mi chiamo. La buon'anima mi volle chiamare Lina, e
m'è rimasto così.'   5

La buon'anima era Cosimo Taddei, il primo marito.

'Eccolo là!'

Glielo aveva anche indicato, la promessa sposa, perchè era
ancora là, ridente e in atto di salutare col cappello (vivacissima
istantanea fotografica ingrandita), nella parete di fronte al ɪo
canapè, presso al quale Bartolino Fiorenzo stava seduto. E
istintivamente a Bartolino era venuto di inchinar la testa per
rispondere a quel saluto.

A Lina Sarulli, vedova Taddei, non era neanche passato per
il capo di togliere quel ritratto dal salotto, il ritratto del padrone ɪ5
di casa. Era di Cosimo Taddei, infatti, la casa in cui ella abitava; lui, ingegnere, la aveva levata di pianta, lui poi così
elegantemente arredata, per lasciargliela alla fine in eredità
con l'intero patrimonio.

La Sarulli seguitò, senza notare affatto l'impaccio del pro- ɜo
messo sposo:

119

'A me non piaceva cangiar nome. Ma la buon'anima allora mi disse: "E se invece di Carolina ti chiamassi cara Lina, non sarebbe meglio? Quasi lo stesso, ma tanto di più!" Va bene?'

25 'Benissimo! sì, sì, benissimo!' rispose Bartolino Fiorenzo, come se la buon'anima avesse domandato a lui un parere.

'Dunque, cara Lina, siamo intesi?' concluse la Sarulli, sorridendo.

E Bartolino Fiorenzo:

30 'Intesi ... sì, sì ... intesi ...' balbettò, smarrito di confusione e di vergogna, pensando che il marito, intanto, guardava ridente dalla parete e lo salutava.

Luigi Pirandello: 'La buon'anima', *Novelle per un anno* (Mondadori, 1956)

1–2. s'era sentito dire dalla promessa sposa: *heard his fiancée saying.* 4. La buon'anima: *the dear departed.* 10. ingrandita: *enlarged.* 11. canapè: *sofa.* 11. presso al quale: *near which.* 17. la aveva levata di pianta: (*very rare*) *had built it.* 20. seguitò: *went on.* 20. impaccio: *embarrassment.* 22. cangiar: cambiare. 27. siamo intesi?: *are we agreed?*

[III]

1 Mara era stata abituata dalla madre alla pulizia e alla precisione, e perciò aveva notato subito lo sporco e il disordine che c'erano in casa di Bube. Glielo aveva anche detto, un momento che le donne non sentivano: 'Abiti proprio in un tugurio.'

5 Bube naturalmente s'era risentito: 'Io sono di povera famiglia; ma non me ne vergogno mica ... Anzi, se lo vuoi sapere, me ne tengo.' Ma che c'entrava esser poveri. È che erano sudici, altro che storie. In camera c'era puzzo di pipì, e lì in cucina, tanfo di rigovernatura.

10 Questo non gliel'aveva detto, ma quando Bube aveva preteso che andasse a dormire in camera, s'era ribellata; e poco le importava che sentissero anche la madre e la sorella: 'Io sono abituata a dormire sola, e con delle persone estranee specialmente, non mi riuscirebbe davvero di dormirci.' E lui, offeso:

15 'Non sono mica persone estranee: sono mia madre e mia

sorella.' 'E che vuol dire? Se un'ora fa nemmeno le conoscevo.'
Bube aveva alzato la voce (chissà: in presenza della madre e
della sorella voleva far vedere che era lui a comandare), ma lei
gli aveva tenuto bravamente testa: 'Insomma, o mi fai dormire
sola in cucina, oppure piglio e me ne vado all'albergo.' 'Te 20
invece fai quello che dico io.' 'No, bello.' 'Mara, guarda che le
prendi.' 'Ma chi ti credi di essere? Perchè hai picchiato un
prete, pretenderesti di picchiare anche me. Bella forza picchiare un vecchio,' aveva aggiunto con disprezzo. 'E vi ci siete
messi in cinquanta.' 'Niente affatto: gli altri stavano a guardare, 25
ho picchiato io solo.' 'Ma appena sono arrivati i carabinieri, ve
la siete data a gambe! Tu per primo.' 'Niente affatto.' 'Ma se
l'hai detto tu! Vero?' fece rivolta alla sorella. Quella era
rimasta zitta, doveva essere proprio un'idiota, in tutta la sera
non aveva aperto bocca che per dire stupidaggini. 'Insomma 30
sono io l'uomo . . . e te devi obbedire,' aveva concluso Bube.
Lei s'era messa a ridere: 'E io sono la donna . . . e perciò
voglio averla io l'ultima parola. E poi non sei gentile, scusa: io
te l'ho ceduto il mio letto quando sei venuto a casa mia;
perchè non vuoi ricambiarmi il favore?' 'Io facevo perchè 35
stessi più comoda,' aveva borbottato Bube; e s'era messo a
fumare, truce in volto, ma ormai rassegnato a cedere.

Carlo Cassola: *La ragazza di Bube* (Einaudi,
1960)

4. Abiti proprio in un tugurio: *you really live in a slum.*   5. s'era risentito:
had taken offence.   6–7. me ne tengo: *I'm proud of it.*   7. Ma che
c'entrava esser poveri: *but what had being poor got to do with it ?*   8. altro
che storie: *(approximately) that's all there was to it.*   10–11. preteso che
andasse a dormire: *expected her to sleep.*   17. chissà: *who knows.*   19. gli
aveva tenuto bravamente testa: *had stood up to him vigorously.*   20.
piglio: *I'll pack up.*   20–21. Te invece: uso dialettale per 'Tu invece'.
21–2. le prendi: *you'll catch it.*   24–5. E vi ci siete messi in cinquanta:
and it took fifty of you to do it.   25. Niente affatto: *not at all.*   26–7. ve
la siete data a gambe: *you took to your heels.*   30. Insomma: *(here)
Shut up.*

1 Pregiudizi sugli inglesi:

   1. Gl'inglesi non vestono da inglesi. (Si racconta la storiella del
signore napoletano che, arrivato a notte alta in Inghilterra, e
svegliatosi tardi, si sentì dire dal servitore che tornava da una
5 passeggiata esplorativa: 'Signor barone, qui vestito da inglese
c'è solo vossignoria!')
   E invece no. Gl'inglesi vestono da inglesi. Nonostante le
restrizioni del Governo laburista, è solo qui che la persona
comune porta la bombetta e sui tram, verso il crepuscolo,
10 s'incontrano viaggiatori in frac. L'Inghilterra è un enorme
palcoscenico sul quale, in costume inglese, si rappresenta, in
sostanza, la storia inglese.

   2. Le donne inglesi, quando sono belle, caso raro, sono bellissime, ma in generale sono brutte.
15   E invece no. S'incontrano spesso donne attraenti; nell'albergo, squadre sempre nuove di graziose ragazze, che servono
(se pure è appropriata questa parola) con molto riserbo, come
assorte in un pensiero molto serio. Questo rende infinitamente
leggiadro il sorriso di cortesia con cui accompagnano le poche
20 parole. Occhi azzurri e collo lungo, inclinato leggermente da
malinconia o indolenza; petto piccolo e pieno; capelli am-
massati sulla nuca, come in procinto di sciogliersi e cascare.

   3. Guardano ai loro interessi presenti e in politica disprezzano
il sentimento.
25   E invece no. Conservano, con pericolosa e dannosa tenacia,
il risentimento e hanno un cuore tardo, fino al punto di sacri-
ficare il loro utile al rancore. La loro permalosità non è facile
raggiungerla e scalfirla, ma una volta raggiunta, la ferita non si
rimargina.

30 4. Sono esseri freddi, e, per la strada, anche se gli muori
davanti, passano oltre.

Sono invece cortesissimi, guardano, osservano, e lasciano in ciascuno l'impressione di averlo notato con piacere.

5. Non è vero che si mangi poi tanto male.
E invece è vero: si mangia male. 35

6. Sono ipocriti.
Sono invece di una sincerità sconcertante (salvo che la loro ipocrisia non consista nel dire in modo così estremo e candido la verità da conferire a questa verità un aspetto incredibile e quasi di menzogna). 40

7. Sono sempre empirici e concreti.
Non sempre. Possono odiare in astratto l'Italia e amare gli italiani uno per uno con un calore persino fastidioso.

Vitaliano Brancati: *Diario romano* (Bompiani, 1961)

2. da inglesi: *in the traditional English style.* 17. se pure: se. 'Pure' è rafforzativo di 'se'. 22. come in procinto di sciogliersi: *as if it were about to come undone.* 26. un cuore tardo: *a heart slow to forgive.* 27. permalosità: *touchiness.* 28–9. non si rimargina: *doesn't heal.* 43. fastidioso: *which gets on your nerves.*

[113]

COME OTTENERE UN CREDITO PERSONALE?

A chi viene concesso? 1
A chi disponga di un reddito professionale o di lavoro subordinato e quindi a professionisti, dirigenti, impiegati, tecnici ed operai di età superiore ai 21 anni.

Qual'è l'entità del credito? 5
Parte da un minimo di L. 300.000 fino ad un massimo di

L. 3.000.000. L'importo del credito ottenibile varia, entro i suddetti limiti, in relazione all'entità del reddito percepito dal richiedente. Per i lavoratori dipendenti è pari al doppio del
10 reddito mensile, se il rimborso avviene in 6 o 12 rate, e può arrivare sino al quadruplo se il rimborso avviene in un periodo maggiore.

Per i professionisti l'importo del credito è invece commisurato al reddito annuo.
15 Se, oltre al richiedente, si obbligano al rimborso altre persone che dispongono di redditi propri, il credito ottenibile aumenta proporzionalmente, sempre entro il limite massimo di L. 3.000.000.

Come richiederlo?

20 È semplice. Basta rivolgersi ad una qualsiasi Filiale o Agenzia del Credito Italiano; un nostro funzionario esaurirà la richiesta nella più assoluta discrezione sulla base di una ridotta seppure essenziale documentazione.

Come viene rimborsato?

25 Il credito viene rimborsato in rate mensili costanti, comprensive di capitale e interessi, scadenti il giorno 2 di ogni mese, con decorrenza dal giorno 2 del terzo mese successivo a quello dell'erogazione.

I pagamenti possono essere effettuati presso qualsiasi spor-
30 tello della Banca, utilizzando un apposito blocchetto già compilato che viene inviato al domicilio del beneficiario del credito.

Quanto costa?

Meno di quanto pensiate. Sull'importo del prestito viene
35 applicata, al momento dell'erogazione, una commissione del 0,50% e, per ogni mese, un tasso di interesse variabile in relazione alla durata del prestito.

Credito Italiano

Credito personale: *overdraft*. 1. viene: è. 2–3. A chi disponga di un reddito professionale o di lavoro subordinato: *to anyone who has an income*

as a self-employed person or an employee.   6. Parte da: it starts from.
8. percepito: earned.   13–14. commisurato al: in proportion to the.
23. seppure: although.   24. Come viene rimborsato?: how is it paid
back?   28. erogazione: granting of the loan.

[114]

Quella sera, quando arrivai a Fabriano, non c'era più la   1
corriera per Pergola; rimasi nel buffet della stazione con il mio
'foglio di via' disteso davanti a me perchè nessuno potesse
scacciarmi, anche perchè c'era un continuo andare e venire di
poliziotti che venivano dentro addirittura con le mani sulle   5
armi e con il sottogola. Passai la notte nel buffet, accontentan-
domi di quelle luci guaste che venivano dalle bottiglie dei
liquori, di quella compagnia di poliziotti e ferrovieri, accon-
tentandomi di mangiare delle caramelle, qualche mentina, o
liquerizia, o confettino con la cannella, perchè il sonno non mi   10
impastasse la bocca e non mi prendesse con il suo fetore sopra
quel tavolino di latta. Sentivo intanto che la notte si addensava
e scricchiolava intorno alla stazione ed intorno ai vetri blu del
buffet; ogni tanto il treno la squarciava, ma la notte ridiscen-
deva dalle colline intorno e veniva con i suoi grandi piedi di   15
freddo, carichi del fango di novembre, fino alla porta del
buffet. La notte mi avvertiva, bussava ai vetri, cioè mi cercava,
come se volesse che entrassi sulla sua scena, impaziente di
ritrovarmi nelle Marche; sentivo che preparava per me il
paesaggio, le strade e il paese e che conservava per me qualche   20
frutto in cima ai rami di qualche pianta sorella.

Paolo Volponi: La macchina mondiale
(Garzanti, 1965)

3. 'foglio di via': leave permit.   10. confettino con la cannella: cinnamon
sweet.   10–11. non mi impastasse: shouldn't dirty.   19. le Marche:
regione dell'Italia centrale.

1 Un altro boom, dopo quello delle grosse cilindrate, si annuncia
nel settore motociclistico: si stanno scatenando, con un rumore
d'inferno, le piccolissime fuoristrada, o cross. Hanno un
motore minimo, di 50 cc.; non hanno bisogno di targa e di
5 patente, pagano un bollo di circolazione ridottissimo, cioè
appena 1.800 lire l'anno. Queste moto, veri muletti meccanici
capaci di arrampicarsi quasi sugli alberi, fanno impazzire i
ragazzi italiani e i loro padri. I primi farebbero qualunque cosa
pur di avere una due-ruote, i secondi farebbero qualunque
10 cosa pur di non arrivare a un compromesso ormai diffuso: se
andrai bene a scuola ti comprerò il cross. Non v'è dubbio, ormai, che i figli l'hanno avuta vinta, e il compromesso è diventata
la regola di moltissime famiglie italiane.

Per i ragazzi che le acquistano, queste moto hanno, una per
15 una, le loro caratteristiche irripetibili, originali, determinate
prestazioni, un certo stile: questi elementi, tutti insieme, sono
la molla che spinge al primo contatto con il venditore. Il
ragazzo comincia col chiedere il depliant, ma la sua fantasia
corre già all'estate, alla fine della scuola, alla buona pagella,
20 alla promessa di papà. La cosiddetta civiltà del motore, nella
quale viviamo ormai tutti, ha dunque contagiato anche i
giovani e i giovanissimi, che nelle due-ruote vedono uno
strumento di libertà e di emancipazione. Dietro la facciata di
una moda sempre più diffusa – il muletto da 8500 giri al
25 minuto – una rivoluzione, tutt'altro che silenziosa.

Domenica del Corriere, 21 marzo 1972

3. fuoristrada: *cross-country motor-cycles*. 5. bollo di circolazione:
road-tax. 6. muletti: *little mules*. 9. pur di: *in order to*. 18. depliant:
illustrated leaflet.

Il viaggio era durato più di tre giorni ed era stato orrendo. Le 1
strade, le famose strade siciliane a causa delle quali il principe
di Satriano aveva perduto la Luogotenenza, erano delle vaghe
tracce irte di buche e zeppe di polvere. La prima notte a
Marineo, in casa di un notaio amico, era stata ancora soppor- 5
tabile; ma la seconda in una locandaccia di Prizzi era stata
penosa da passare, distesi tre su ciascun letto, insidiati da faune
repellenti. La terza, a Bisacquino: lì non vi erano cimici, ma in
compenso il Principe aveva trovato tredici mosche dentro il
bicchiere della granita; un greve odore di feci esalava tanto 10
dalle strade che dalla 'stanza dei canteri' attigua, e ciò aveva
suscitato nel Principe sogni penosi; e, risvegliatosi ai primissimi albori, immerso nel sudore e nel fetore non aveva potuto
fare a meno di paragonare questo viaggio schifoso alla propria
vita, che si era svolta dapprima per pianure ridenti poi per 15
scoscese montagne, aveva sgusciato attraverso gole minacciose, per sfociare poi in interminabili ondulazioni di un solo
colore, deserte come la disperazione. Queste fantasie del primo
mattino erano quanto di peggio potesse capitare a un uomo di
mezza età; e benchè il Principe sapesse che erano destinate a 20
svanire con l'attività del giorno, ne soffriva acutamente perchè
era ormai abbastanza esperto per capire che esse lasciavano in
fondo all'animo un sedimento di lutto che, accumulatosi ogni
giorno, avrebbe finito con l'essere la vera causa della morte.

Giuseppe Tomasi di Lampedusa: *Il gattopardo*
(Feltrinelli, 1958)

3. Luogotenenza: *Lord Lieutenantship.* 6. locandaccia: brutta locanda.
7–8. insidiati da faune repellenti: minacciati da insetti disgustosi.
10. granita: *a fruit juice with crushed ice.* 10–11. tanto dalle strade che ... :
both from the streets and ... 11. 'stanza dei canteri': latrina molto
rudimentale. 12–13. ai primissimi albori: *at the crack of dawn.* 13–14.
non aveva potuto fare a meno: *could hardly help.* 16–17. aveva sgusciato
attraverso gole minacciose: *had slithered through terrifying gorges.* 19.
quanto di peggio potesse capitare: *about the worst thing that could happen.*

1 La società, al tempo dei bisnonni, era tenuta insieme dall'amor
di patria (amore che poteva anche prendere la forma di
rispetto per la legge e le autorità); dall'amore per la famiglia, e
dalla fede religiosa, che imponeva la moralità privata. Vi era
5 anche l'ultima virtù, non meno importante delle altre, di cui
non si parlava altrettanto spesso nè si elogiava così scoperta-
mente: l'amore per il denaro, o 'auri sacra fames'.

Come è noto, nel corso degli ultimi decenni, per svariate
ragioni storiche, sociologiche, tecnologiche, filosofiche, queste
10 virtù antiche sono andate affievolendosi. L'amor di patria è
ormai un vizio segreto e inconfessabile, nonchè il rispetto per
la legge e le autorità; l'amore per la famiglia spesso manca del
suo obiettivo, andando la famiglia verso il disfacimento,
almeno tra i giovani. L'indebolimento della fede religiosa e
15 della morale può documentarsi con le parole stesse del papa.

Fino a ieri sopravviveva l'avarizia, ultima virtù. Era la
speranza (o la necessità) di ottenere guadagni (o di evitare
perdite), infatti, che costringeva molti a un comportamento
sociale: gli studenti studiavano, gli operai lavoravano, gli
20 impiegati erano puntuali, i professori insegnavano, gli impren-
ditori intraprendevano, i commercianti commerciavano, i
finanzieri finanziavano.

Con grande dispiacere vedo che ora anche l'avarizia, ultima
delle virtù, sta affievolendosi. Molti si comportano come se
25 non gliene fregasse nulla di guadagnare soldi, come se avessero
una piccola rendita garantita fino alla morte, come se mangiare,
vestire panni, pagare l'affitto e mettere da parte qualche rispar-
mio non avessero nessuna importanza. L'ultimo pilastro che
ancora sosteneva la società sta cedendo.

Luigi Barzini: *L'Europeo*, 16 marzo 1972

7. 'auri sacra fames': la sacra fame dell'oro.   10. sono andate affievolendosi: *have grown progressively feebler*.   24–5. se non gliene fregasse
nulla di: *as though they couldn't care less about*.   27. vestire panni:
vestirsi.

La donna non si accorse della mia presenza. Era nuda e stava 1
lavandosi ad una delle pozze, accosciata come un buon
animale domestico. Mentre la osservavo, pensai che mi avrebbe
indicato la strada e così non sarei dovuto tornare al ponte. Una
donna che si lava è spettacolo comunissimo quaggiù, e indica 5
la vicinanza di un villaggio. 'C'è di tutto in questa boscaglia',
dissi. E continuai a guardar la donna. Anzi sedetti, mi accorgevo ora di essere veramente stanco dopo l'inutile marcia della
mattinata.

La donna alzava le mani pigramente, portandosi l'acqua sul 10
seno e lasciandovela cadere, sembrava presa in quel giuoco.
Forse era là da molto tempo, decisa a lavarsi senza fretta, per il
piacere di sentirsi scorrere l'acqua sulla pelle, lasciando che il
tempo scorresse egualmente. Non si accorgeva della mia
presenza e restai a guardarla. Era uno spettacolo comunissimo, 15
ma migliore degli altri che mi si erano offerti sinora. Poichè il
giuoco non accennava a finire, accesi una sigaretta, e intanto mi
sarei riposato.

Alzava le mani e lasciava cadere l'acqua, ripetendo il gesto
con una melanconica monotonia. Era il suo modo di divertirsi e 20
forse di volersi bene. Il suo modo di lavarsi era differente: si
strofinava come una massaia, quasi che il corpo non fosse suo.
Ma erano brevi parentesi in quella noia. Quando un corvo
venne a bere ad una pozza vicina, la donna gli tirò un sasso,
urlando, e lo colse in pieno. Il corvo annaspò verticalmente e 25
raggiunse l'albero, accoccolandosi tra i rami. La donna seguitò
a urlare, poi tacque e riprese a lavarsi con estrema indolenza.

Ennio Flaiano: *Tempo di uccidere* (Longanesi,
1947)

11. lasciandovela cadere: *letting it fall there.* 11. presa: *absorbed.*
16. che mi si erano offerti: *which had presented themselves to me.* 17. non
accennava a finire: *gave no signs of coming to an end.* 21. di volersi bene:
di amare se stessa. 25. annaspò: *fluttered up.*

[119]

VIGILI INDIFFERENTI

1   All'angolo della via,
come due enormi carabinieri,
fanno la guardia
due cipressi neri.
5   E alle lor rigide gambe
l'ultimo avanzo s'affida
d'un vecchio tabernacolo rotto.
Si legge ancora sotto:
'Salutate Maria'.

Aldo Palazzeschi: *Poesie*
(Mondadori, 1971)

5–7. E alle lor rigide gambe ... rotto: *and the last remains of an old broken tabernacle entrusts itself to their stiff legs.*

[120]

1 Il sasso in bocca è lo *sfregio* che la mafia compie sul cadavere di un suo affiliato che si è coperto di *'nfamità*, cioè ha rivelato i segreti della mafia. La *'nfamità* ai danni di un'altra *cosca* o di un suo associato è ritenuta il peggiore atto di viltà, e va punito
5 con la morte, che va eseguita dalla stessa *cosca* a cui l'infame appartiene.

    Cento anni fa, tal Salvatore D'Amico da Monreale, cui erano stati assassinati due figli ed il fratello, rivelò al giudice istruttore che lo interrogava quanto era a sua conoscenza sulle
10 attività della mafia, indicando, fra l'altro, nomi e luoghi per scoprire gli omicidi di tre affiliati scomparsi senza lasciare traccia. A conclusione della sua cantata disse al giudice: 'Io

morrò per mano della mafia, perchè senza dubbio sarò ammazzato: nè voi, nè la vostra autorità, nè tutta la polizia italiana riuscirete a salvarmi. La *mamma* non perdona i figli infami.' 15 Undici giorni dopo il D'Amico veniva trovato crivellato da lupara con un tappo in bocca, come dire che da bocca' *nfame* non doveva uscire nemmeno la puzza.

Michele Pantaleone: *Il sasso in bocca*
(Cappelli, 1971)

1. sfregio: (*literally*) *gash;* (*in this sense*) *insult.* 2. 'nfamità: infamità. 3. cosca: *gang within the Mafia.* 4. e va punito: ed è punito. 7. tal: *a certain.* 7. Monreale: cittadina della Sicilia. 8–9. giudice istruttore: *examining magistrate.* 12. A conclusione della sua cantata: *after he had spilt the beans.* 15. La mamma: (*here*) *the Mafia.* 17. lupara: tipo di fucile da caccia.

[121]

Madina era nata sotto il segno dell'acqua. Sua madre ancora la 1 portava in seno quando la cacciò di casa una inondazione, corse molte ore di notte in mezzo a gente impazzita. Di mano in mano intorno a lei la gente cadeva esausta ma la donna continuava a trascinarsi, inciampava, si rialzava, fin che si trovò 5 sola. Non sentiva più urlare. Avvertì il rombo remoto del fiume che aveva rotto la diga e travolto i campi e le case. Con l'alba si trovò in un breve spazio deserto ai piedi di una roccia: non c'era un segno di vita sopra la terra, anche dall'aria ogni creatura vivente era scomparsa: durava ancora lontanissimo 10 quel rombo, ma forse non era che una eco rimasta in lei della paurosa notte. Il ventre le pesava orribilmente. Ora sentì vicino un piccolo canto frantumato e limpido, vide che dall'alto della roccia balzava uno zampillo, scendeva diritto, pareva d'argento, il primo raggio del sole venne a rifrangersi in quello 15 suscitando un barbaglio. Presso la pozza che il getto aveva scavata nel terriccio, la donna s'accasciò e svenne.

La svegliò un dolore acutissimo. Quando fu passato, sgomenta si guardò intorno. Il sole la accecava, ma come ella
20 tentava di voltarsi, un'altra fitta più straziante l'inchiodò, le strappò il grido orrendo: udendolo si spaventò. Una vampa le avvolse il capo. La donna riuscì a chinarlo da un lato e gli spruzzi dello zampillo le arrivavano sul viso e le dettero un breve refrigerio; un nuovo spasimo più dal profondo parve
25 squarciarla.

In quel modo era nata Madina sotto il segno dell'acqua terribile e dell'acqua innocente.

Massimo Bontempelli: *L'amante fedele*
(Mondadori, 1953)

1–2. la portava in seno: *was still carrying her*. 3–4. Di mano in mano: (*here*) *one after the other*. 6. Avvertì: *She heard*. 16. barbaglio: *dazzle of light*. 17. s'accasciò: *crumpled*.

[122]

1 Da qualche giorno in borsa ci si domanda se la Olivetti distribuirà il dividendo. I conti economici della società alternano da qualche anno risultati decisamente positivi a risultati deludenti, per cui le possibilità di remunerazione del capitale
5 restano spesso incerte fino alla presentazione del bilancio. Nel 1961 e 1962 il dividendo c'è stato; nel biennio successivo venne interrotto; dal 1965 al 1968 il capitale venne remunerato in misura crescente; nel 1969 si ebbe nuova interruzione e infine nel '70 il dividendo venne di nuovo distribuito. Negli
10 ultimi mesi le indicazioni in proposito sono state piuttosto contrastanti: nello scorso autunno erano piuttosto negative; agli inizi di quest'anno sembrava prevalere l'opinione che la società avrebbe distribuito dividendi sia pure in misura ridotta. Nelle ultime settimane, infine, molti hanno sostenuto
15 che non ci saranno utili, perchè l'esercizio avrebbe risentito

della difficile situazione economica di alcune partecipazioni estere, in particolare della consociata americana.

Molte azioni Olivetti sono attualmente in possesso dei fondi d'investimento: al 31 dicembre '71, gli 11 fondi autorizzati a operare in Italia possedevano globalmente circa 1.900.000 20 azioni ordinarie e 1.200.000 azioni privilegiate, pari rispettivamente al 5,27 per cento e al 5 per cento delle relative categorie di capitale. Il maggior quantitativo di azioni Olivetti è posseduto dalla Fonditalia con 1 milione 364 mila azioni ordinarie e 900.000 azioni privilegiate. Questo fondo sta attuan- 25 do da qualche tempo la permuta delle azioni privilegiate con azioni ordinarie: vende cioè le azioni che non hanno diritto di voto nelle assemblee ordinarie, per acquistare quelle che possono contare a tutti gli effetti ai fini assembleari. Le azioni Olivetti sono pure diffuse all'estero e anche recentemente 30 numerosi ordini di acquisto sono provenuti d'oltre frontiera.

Il Mondo, 10 marzo 1972

13. sia pure: *even if.*   15. utili: *profits.*   15. l'esercizio avrebbe risentito: *the financial year is believed to have felt the effects.*

[123]

I miei migliori amici sono morti. Non più giovani di loro nè 1 migliori, nè più degne di sopravvivere, sono rimaste in vita le loro mogli. Perpetuano la loro memoria, sono avvolte in gramaglie, pendule di nastri e di gale; sono ossequiate dai prefetti, presiedono comitati, tagliano nastri inaugurali di 5 esposizioni, rompono bottiglie di champagne su chiglie prossime al varo, correggono le bozze dei defunti, ritirano le loro ceneri alla stazione, consegnano borse di studio, mantengono in vita un lucignolo che preferirebbe spegnersi per mancanza d'olio. 'Lasciateci in pace!' dice di sottoterra la voce flebile 10 degli estinti. Ma le vedove insistono; e quando le prime ombre dell'oblio si affacciano sui tavolini da tè sparsi sulle pinete, in

vista delle Apuane, esse si curvano sulle carte della canasta e
dicono: 'Indietro! non praevalebunt!'.

Eugenio Montale: *Farfalla di Dinard*
(Mondadori, 1960)

4. pendule di nastri e di gale: *they are hung about with ribbons and frills.*
5. prefetti: il prefetto è il capo della provincia.   9. lucignolo: *weakly
flickering flame.*   12. si affacciano: (*here*) *creep.*   13. Apuane: le Alpi
Apuane sono le montagne vicine a Viareggio.   14. non praevalebunt!:
they shall not prevail!

[124]

1 Sono vent'anni che la RAI tratta gli italiani come un pubblico
di idioti somministrandogli molte canzoni, molto sport e molti
caroselli, cercando di salvare la faccia con pochi programmi
intelligenti e disinformandolo con notiziari falsi ed evasivi. Ora
5 che il suo mandato è giunto alla scadenza e che una parte della
stampa nazionale ha tirato le somme delle sue colpe, spiegando
chi sono gli uomini che la dirigono, quali interessi politici
rappresentano, quanti miliardi sprecano e quale opera cor-
ruttrice svolgono nel paese, la RAI non perde occasione per
10 dimostrare che le accuse sono giuste e che in un regime davvero
democratico un monopolio oscurantista come il suo non è
ammissibile.
   Sono vent'anni che la RAI fa un giornalismo cattivo e
fazioso. E gli spettacoli? Quando sono proprio suoi non
15 escono dal limbo del dilettantismo o cercano, attraverso lo
sfarzo gratuito, di nascondere la mancanza di qualità reali.
Alla base degli spettacoli televisivi c'è sovente l'ambizione di
intellettuali velleitari o di personaggi artificiali, bocciati dal
teatro vero, dalla rivista vera, dal cabaret vero. La loro rivin-
20 cita avviene a nostre spese, ingannando un pubblico che nella
maggioranza è impreparato. Sono spettacoli o tediosi o
presuntuosi. Cattivi spettacoli imbottiti di sedativi. Ecco la

diseducazione. Ecco come s'inchioda un paese al cattivo gusto, alla retorica, ai miti qualunquisti, al culto dei modelli banali.

Aldo Santini: *L'Europeo*, 9 marzo 1972

1. RAI: vedi brano numero 95.   3. caroselli: programmi di pubblicità. 6. ha tirato le somme delle sue colpe: *has summed up its faults.*   18. velleitari: *would-be.*   18. bocciati: *failed.*   23. Ecco come s'inchioda un paese al cattivo gusto: *this is how a country is nailed down in bad taste.* 24. miti qualunquisti: *myths of the couldn't-care-less brigade.*

[125]

Penso talvolta a tutte le famiglie di cui sono stato inquilino, io   1 che non ho famiglia. È una materia scottantissima. Ci sarebbe da scrivere un romanzo. Va bene che, in fondo, io non ho conosciuto se non famiglie d'affittacamere, oppure talmente disordinate ed incaute da ammettere con facilità persone   5 estranee nel loro seno. Ma non è detto che siano le meno cristiane e neppure le meno interessanti per quel che concerne la vita domestica. Fatto sta che a questo proposito credo di saperne più io che molti padri di famiglia. E mi sono scoperto strane attitudini alla vita casalinga. Ho gustato per lunghi   10 periodi, specie in paesi lontani, in luoghi di villeggiatura, tutti i piaceri e gli svantaggi di una tale vita, pur essendo il perfetto contrario di quel che si dice un amico di casa. Sono passato in mezzo a una quantità di famiglie come uno straniero, un pellegrino, o, se volete, un vagabondo, lasciando però sui miei   15 passi, se l'amor proprio non m'inganna, quasi sempre dei buoni ricordi.

Le mie padrone di casa, quando io sarò morto, potranno testimoniare della mia discrezione e delle mie fatiche. E qualcuna vi dirà che nel momento in cui mi licenziavo da lei scoppiò   20 in lacrime, dopo avermi trattato malissimo per tutto il tempo della mia dimora. Un'altra potrebbe parlarvi del mio disgraziato amore verso una delle sue giovanissime figlie; e la più

antica di tutte, quella che rammento come un sogno, nella luce
25 conventuale d'una vecchia casa di Roma, delle legnate che le
somministrava suo padre, per essersi, come dire? invaghita del
suo imberbe inquilino ch'era lontanissimo dal sospettarlo e
dal rendersi ragione, per conseguenza, di quelle busse così
frequenti.

Vincenzo Cardarelli: *Villa Tarantola e altri
scritti* (Mondadori, 1948)

2. una materia scottantissima: *a burning subject.* 3–4. io non ho conosciuto se non: io ho conosciuto soltanto. 6. Ma non è detto: *but that
doesn't mean.* 8. Fatto sta che: *the fact remains that.* 28. rendersi
ragione: *realizing the reason.*

[126]

1 Il Lambrusco è un vino di cui non si mena vanto. Gli emiliani
che contano, spesso, se ne vergognano, buongustai, presidenti
di EPT, sindaci e scrittori locali che conoscono fin troppo bene
l'osservazione dell'ospite: 'Ah, voi in Emilia avete una gran
5 bella cucina, ma in fatto di vini, scusatemi . . .' Lo scusano e
hanno l'aria di scusarsi. Ma a torto.
    A parte il fatto che in Emilia, lasciando stare gli arcinoti
Albana e Sangiovese, esistono decine di qualità di vini, dal
Trebbiano al Rosso del Bosco, dal Gutturnio alla Fortana, dal
10 Fogarina al Verdicchio, il Lambrusco ne è il più legittimo rap-
presentante. Ed è vero che, se un 'fond ad bota' di Barolo lo si
offre in Piemonte all'ospite di riguardo, una bottiglia di
Lambrusco lasciata a metà non conterrà più, alla sera, che
dell'acqua colorata, senza spirito: ma il Lambrusco, nonostante
15 le sue origini contadine e plebee, è un vino difficile, bisogna
capirlo e saperlo gustare a tempo e a luogo e sopra cibi che
soltanto in Emilia, e in nessun'altra parte d'Italia, si possono
trovare. Troppo facile cantare le lodi di un Sassella, di un
Frecciarossa, di un Chianti classico o di un Dolcetto delle
20 Langhe. Ma provate una sera d'estate, seduti all'aperto di una

136

vera, logora osteria di campagna, nell'odore inebriante del
fieno tagliato, gremito il silenzio ventilato del canto dei grilli,
mentre l'ostessa, stesa la tovaglia e messo il pane di pasta dura,
arriva col piatto dovizioso e ricolmo di culatello e di spalla
cotta, provate a versarvi nei grossi bicchieri di vetro un Lam- 25
brusco genuino, fatto dall'oste, la schiuma che in un istante
scompare e il vino che va giù, bruschetto, frizzante, fresco quel
tanto che non sia proprio 'temperatura ambiente'. . .

Pier Maria Paoletti: Panorama, ottobre 1966

1. di cui non si mena vanto: *which nobody boasts about.* 1–2. Gli emiliani
che contano: *the people who really count in Emilia (where Lambrusco is
made).* 3. EPT: Ente Provinciale per il Turismo. 6. Ma a torto: *but
they're wrong.* 7. arcinoti: *very well known.* 8. Albana e Sangiovese:
types of wine from Emilia (like those that follow). 11. 'fond ad bota':
(dialect) dregs of the barrel. 13. non conterrà più . . . che: *will only
contain.* 20–21. una vera, logora osteria: *a real, tumbledown old* osteria.
22. gremito il silenzio ventilato del canto dei grilli: *the wind-blown
silence crowded with the chirping of crickets.* 23. pane di pasta dura: pane
di campagna che rimane fresco per parecchi giorni. 24–5. culatello e
spalla cotta: *types of ham.* 27. bruschetto: *slightly sharp.* 27–8. fresco
quel tanto che non sia proprio 'temperatura ambiente': *just cool enough
so as not to be 'room temperature'.*

[127]

La morte andò anche dai neri, giovani e vecchi. Il Rindi morì 1
bene. Fu preso per caso o fu lui a sfidare. L'avevano mandato in
motocicletta a portare un ordine, avrebbe potuto passare per
una strada sicura, invece prese la più breve, la via dei monti. I
partigiani lo sorpresero. 'È il Rindi!' e lo portarono al Co- 5
mando. Da tempo però il Rindi non era più lui, era vestito
come gli altri, partecipava a tutto ma restava silenzioso, come
dentro di sè tentasse di decifrare qualche cosa.

   'Perchè picchiavi gli operai?'

   'Credevo di far bene, che fossero vigliacchi, non meritassero 10
altro.'

'Ma perchè?'
'Credevo dovessero rimaner servi.'
'Sei stato un cattivo.'
15 'Sì, ma non lo sapevo.'
'Ti uccidiamo.'
'Va bene.' Ed ebbe uno sguardo di rimpianto, uno che nella
vita ha fatto tardi. Non dimostrò di avere alcuna paura. Poichè
uno fece il gesto di dargli uno schiaffo, ritornò subito lui,
20 pronto, 'il Rindi, che arrivava'.
Anche adesso che era per morire non riusciva a trovar le
parole che pure si sentiva urgere.
'Mettiti là, davanti a quella roccia.'
'Voglio essere fucilato nel petto. Sono di Medusa come voi.
25 Almeno al mio paese gli ho sempre voluto bene' e sorrise come
finalmente una verità fosse riuscita a dirla. Quando era già in
attesa: 'Scusate un momento' e si fece il segno della croce, e,
come gli si presentasse un altro perchè, aggiunse: 'In chiesa
non ci andavo mai.'

Mario Tobino: *Il clandestino* (Mondadori, 1962)

1. La morte andò anche dai neri: *death came for the fascists as well.* 2. o
fu lui a sfidare: (*approximately*) *or it was he who ran a calculated risk.*
6. non era più lui: non sembrava più la stessa persona. 17–18. Ed ebbe
uno sguardo di rimpianto, uno che nella vita ha fatto tardi: (*approximately*)
*but his glance of regret was the glance of a person who has arrived too late
in life.* 20. 'il Rindi, che arrivava': (*approximately*) '*the Rindi whose
arrival always created an alarm*'. 22. pure: (*here*) *nevertheless.* 24.
Medusa: il paese di Rindi. 25–6. come finalmente una verità fosse
riuscita a dirla: *as though he had at last succeeded in formulating a truth.*
28. come gli si presentasse un altro perchè: *as though another question had
come to his mind.*

[128]

IL MONDO ALLA ROVESCIA

Oh, che il mondo è tanto tanto bello   1
Se lo guardi appeso per i piedi;
Capovolto, agli occhi più non credi
Se lo guardi con la testa in giù.

Su nel ciel vedrai volar cavalli   5
Ed i pesci nuotar fra i rami in fiore;
Ecco un fior succhiare le farfalle
E posarsi sopra a un calabron.

Vedi un ladro confessare un prete –
L'orfanel raccoglier suore in fasce   10
I ministri riuniti in un comizio
E gli agenti che picchian col baston.

Generali che con la spada in mano
Falcian l'erba con i contadini;
Al governo si fanno i fatti nostri   15
Ed in chiesa si fanno i fatti lor.

Dario Fò: *Teatro comico* (Garzanti, 1962)

2. appeso per i piedi: *hung up by your feet.* 8. calabron: calabrone (*poetic or dialectal abbreviation. See also:* orfanel, raccoglier, picchian, baston, falcian, lor). 11. comizio: (*here*) *meeting of electors.* 12. che picchian: che picchiano i ministri.

[129]

1 Mira mi raccontava: 'Mia zia Duodo ha fatto praticamente
morire suo marito con le pie pratiche e le opere di bene; quella
che da principio sarà stata magari anche carità, non aliena da
una voglietta di entrare in relazione con l'aristocrazia, è
5 aumentata ogni anno come una mania; una volta fu presa
dall'ossessione della mensa del povero. Aveva letto non so se in
un libro edificante o se nell'autobiografia di Santayana di due
nobili sposi che avevanó sempre un terzo piatto alla loro
tavola. "Per chi?" domandavano gli interlocutori. "Per il
10 povero," si rispondeva. "Quale?" Il povero, così, in genere.
"E veniva qualche volta?" tornavano a domandare quelli.
"Mai." Alla fine della storia il buon Dio ricompensava i due
coniugi per la loro virtù, e mia zia non ha resistito, anche lei
volle il coperto per il povero. Per qualche giorno non è successo
15 niente, ma una volta con loro enorme sorpresa (non l'avevano
detto a nessuno, non ci si vanta delle buone azioni) all'ora di
mezzogiorno si è presentato un vecchio povero, molto sicuro
del fatto suo e sono stati costretti a tenerlo lì. Il vecchio è
regolarmente tornato, ma era un povero ingordo e repellente,
20 e c'è voluto un paio di settimane per scoprire che era un cugino
disoccupato del cameriere. Adesso mia zia ha dato via in bene-
ficenza tutto il suo patrimonio e ogni tanto viene da noi a batter
cassa. Il papà le risponde: se è per comprare cipria e rossetto,
sì, tutto quello che vuoi, ma se è per i poveri ciechi neanche un
25 bottone.'

Alberto Arbasino: *Le piccole vacanze*
(Einaudi, 1957)

3. magari: (*here*) forse.   3–4. non aliena da una voglietta: *not without a
sneaking desire*.   17–18. molto sicuro del fatto suo: *very sure of himself*.
20. c'è voluto: *it took*.   22–3. a batter cassa: *to ask for money*.

[130]

Non guardo più la televisione da un anno, ormai. Quando mi 1
capita di doverla guardare, in casa d'altri, vengo preso da una
specie di sorda stupefazione che rasenta l'ebetudine. Ci sono
ancora i redattori di sempre e un altro redattore che fa l'inglese,
sbaglia apposta, si riprende, fa delle pause imbarazzanti per 5
dare un'aria di estemporaneità a quello che dice. E invece
legge. Quando ha finito un foglio, lo volta, lo poggia sul tavolo
e ci guarda. Poi si vede un altro che dà altre notizie. Non sono
mai riuscito a capire con quale criterio se le dividano, sono
tutte uguali. Se la notizia riguarda Israele, dietro le spalle del 10
redattore si vede la carta geografica del Medio Oriente. Se
invece la notizia è russa si vede il Cremlino. Questo, da anni. Il
linguaggio resta sempre forbito, esatto, ponzato, procede per
ideogrammi ... Ideogrammi burocratici, frasi intere che
sostituiscono una sola parola. La notizia deve essere data con 15
calma specificando l'ora, il luogo, il presidente, le finalità, gli
incontri, l'ansia di tutto il mondo civile, gli arrivi e le partenze.
Queste avvengono tutte in un aeroporto. La gente che appare
sullo schermo è quasi sempre laida. E non occorre ascoltare
quel che dicono i redattori, è il tono, il fluire inarrestabile degli 20
ideogrammi che fanno la notizia. Ma siccome il modo con cui
la dicono non mi interessa più, io sto rischiando di vivere in un
mondo dove non succede più niente. Il mondo di domani?

Ennio Flaiano: *Corriere della Sera*, 22 agosto
1971   25

3. che rasenta l'ebetudine: *bordering on imbecility.* 4. redattori: *news-readers.* 4. che fa l'inglese: *who tries to act as if he were English.* 13. forbito: ricercato, elegante. 13. ponzato: *strained.* 19. laida: *dirty-looking.*

1 Lilin deve aspettare che l'ultimo cliente se ne sia andato per
potersi mettere a letto e smaltire il sonno di cui si carica nelle
sue pigre giornate. Non c'è niente al mondo che Lilin sappia o
voglia fare; basta che abbia da fumare, è tranquillo. Armanda
5 non può dire che Lilin le costi, tranne che per i pacchi di
tabacco che brucia in capo a un giorno. Esce col suo pacco il
mattino, si siede dal ciabattino, dal rigattiere, dal fumista,
arrotola una cartina dopo l'altra e fuma, seduto su quelli
sgabelletti da bottega, le lunghe mani lisce da ladro sui
10 ginocchi, lo sguardo smorto, sentendo tutti come una spia, non
mettendo quasi mai bocca nei discorsi se non per brevi frasi e
inaspettati sorrisi storti e gialli. La sera, quando l'ultima
bottega è chiusa, va alla Degustazione e vuota un litro, brucia
le sigarette che gli restano, fintanto che non tirano giù le
15 saracinesche. Esce, sua moglie è ancora a far la ronda sul corso
nella veste attillata, i piedi gonfi nelle scarpe strette. Lilin
spunta da uno spigolo, le fa un sommesso fischio, qualche
accenno di frase, per dirle che è ormai tardi, venga a letto. Lei,
senza guardarlo, sul gradino del marciapiede come su una
20 ribalta, il seno pressato nell'armatura d'elastico e fildiferro, il
corpo da vecchia in quella vestina da ragazza, con un nervoso
muovere della borsetta tra le mani, un disegnare cerchi coi
tacchi sul selciato, un canticchiare improvviso, gli risponde di
no, che c'è gente che ancora passa, che lui vada e aspetti. È la
25 corte che si fanno così, tutte le notti.

Italo Calvino: *Gli amori difficili* (Einaudi, 1958)

1. Lilin: Lilin è un lenone e Armanda, sua moglie, una prostituta.
2. smaltire il sonno di cui si carica: *to sleep off the sleep which he accumulates*.
6. in capo a: *by the end of*.   9. sgabelletti da bottega: *low-stools you find
in shops*.   10. sentendo tutti come una spia: *listening to everybody as
though he were a spy*.   13. Degustazione: *bar*.   15. a far la ronda sul
corso: *parading the street*.   19–20. come su una ribalta: *as if she were on
a stage*.   20. fildiferro: *wire*.   23. un canticchiare improvviso: *un-
expected little burst of singing*.

ZEFFIRELLI: Perdoni se l'aggredisco subito, signor ministro, ma sono fiorentino e mi piace parlar chiaro. Voglio che lei usi con me un linguaggio comprensibile. Le proibisco di imbrogliare le carte con le 'convergenze parallele' o le 'divergenze equidistanti'. La gente non vi capisce più quando aprite bocca. E voi invece avete il dovere di farci capire.

DONAT-CATTIN: Guardi che non è proprio il mio caso. Quando parlo con gli operai, mi capiscono benissimo.

ZEFFIRELLI: Ma certi sindacalisti fanno paura, per come parlano! Hanno assorbito il vostro linguaggio. Proprio lei, del resto, ha inventato una formula bizantina: quella dell' 'ipotesi di proposta'.

DONAT-CATTIN: Gliela spiego subito. Quando c'è una controversia di lavoro, il ministro deve stare attento a ciò che propone; se sbaglia, dopo non resta che andare dal Papa. Dunque procede per ipotesi, finchè non trova la soluzione giusta.

ZEFFIRELLI: Grazie. Comunque, nella massa non ci sono solo sindacalisti, e io difendo il diritto della gente di comprendere un discorso politico. Altrimenti qualunque dialogo è inutile.

DONAT-CATTIN: Metto da parte gli operai, se le fanno paura. Agnelli ha detto che mi capisce perfettamente, proprio perchè parlo di problemi reali. È vero: molti uomini politici non vengono capiti. Ma è fatale che ogni attività sviluppi un suo gergo particolare. Se lei sente parlare un medico ed è ignorante di medicina, non capirà un'acca di quello che dice.

ZEFFIRELLI: Ma neanche per sogno! Un medico che abbia le idee chiare trova sempre il modo di farsi capire dagli ammalati ignoranti. Cosa che riesce difficilmente a voi politici.

DONAT-CATTIN: Non riesce nella misura in cui un uomo politico non parla di problemi reali. Me, mi capiscono.

35 ZEFFIRELLI: Sì? Ma è grave che un uomo politico spenda
parole su problemi non reali.

DONAT-CATTIN: Succede quasi sempre quando si ha a cuore
la gestione del potere per il potere, e non la soluzione dei
problemi veri del Paese . . .

40 ZEFFIRELLI: Questa sincerità mi piace. Dieci anni fa, al
mondo c'erano tre grandi uomini: Kruscev, che all'ONU si
levò una scarpa, la battè sul tavolo, e parlava come un
mercante di maiali, ma riusciva a farsi capire. Kennedy, che
aveva sempre la chiave giusta per entrare nella testa delle
45 persone. E Giovanni XXIII, che riusciva addirittura a
toccare il cuore della folla. Fu un momento magico: la gente
si sentì in contatto diretto con gli uomini che comandavano
il mondo.

DONAT-CATTIN: Lei parla come La Pira.

50 ZEFFIRELLI: Può darsi! Ma vorrei tanto che gli uomini politici tenessero bene a mente che la cosa più importante è il
contatto con la gente. Lei parla con gli operai e dice che gli
operai la capiscono. Però alla base dei suoi discorsi, se li
analizziamo bene, ci sono solo numeri, c'è il dare e c'è l'avere.
55 Non basta per stabilire un contatto completo.

DONAT-CATTIN: Il dato economico è quello che prevale nella
società di oggi. Comunque, guardi che gli operai non hanno
solo problemi di denaro. Hanno anche problemi di libertà.
E la prima legge che io ho fatto è lo Statuto democratico dei
60 diritti dei lavoratori.

ZEFFIRELLI: Ecco, signor ministro. La libertà è il problema
più importante. Ho l'impressione che oggi noi corriamo
veramente il rischio di perderla. E sarà stata colpa vostra. La
scadenza del 7 maggio mi sembra una grande incognita.
65 Sento che potremmo svegliarci il giorno dopo e scoprire che
la libertà è morta. Poco importa se la svolta sarà a destra o a
sinistra. La mia paura è che il Paese non potrà più essere
governato con gli strumenti democratici. Ho paura perchè
sono contrario, come certo lo sono, per natura, tutti gli
70 italiani, a una gestione autoritaria della mia vita.

DONAT-CATTIN: Il 7 maggio non mi spaventa affatto. C'è una
spinta a sinistra della contestazione giovanile, è vero. E c'è

una reazione a destra dei ceti medi, con pericolo di slitta-
menti fascisti. Ma dorma sonni tranquilli : la maggior parte
degli italiani è vaccinata contro la dittatura.   75
ZEFFIRELLI : Saranno pure vaccinati contro la dittatura gli
    italiani, ma per mio conto non sono ancora del tutto maturi
    per la democrazia. E la colpa non è loro: è del sistema creato
    da voi politici. In nessun Paese del mondo il sistema è tanto
    confuso, caotico, contraddittorio quanto in Italia. Nei Paesi 80
    anglosassoni c'è un partito di destra e c'è un partito di
    sinistra. La destra ha il compito di conservare e la sinistra
    quello di rinnovare. E si alternano al governo, com'è giusto
    che sia. Il cittadino ha le idee chiare perchè il sistema è
    chiaro. Qui in Italia i partiti sono troppi. E a volte non si   85
    capisce più se siano a destra o a sinistra. A cominciare dal
    suo, signor ministro.

Epoca, 12 marzo 1972

1. Zeffirelli : il regista cinematografico Zeffirelli interroga l'uomo politico
Donat-Cattin alla vigilia delle elezioni del 1972.   16. andare dal Papa:
to appeal to the pope – to have recourse to extreme measures.   24. Agnelli:
Chairman of Fiat.   26. fatale: *inevitable.*   28. un'acca: *literally: an
aitch; with the sense of 'a single word'.*   34. Me, mi capiscono: *they
understand me* (*the* Me *is emphatic*).   37–8. quando si ha a cuore la
gestione del potere per il potere: *when you have the exercise of power for
power's sake at heart.*   49. La Pira: ex sindaco di Firenze, Cattolico di
estrema sinistra.   54. c'è il dare e c'è l'avere: *there is debit and credit.*
64. 7 maggio : data delle elezioni del 1972.   77. del tutto maturi: *altogether
mature.*   86–7. dal suo: Donat-Cattin appartiene alla Democrazia
Cristiana.

[133]

Appena entravano in casa nostra, i personaggi di riguardo mi   1
dimostravano la loro benevolenza fingendo di staccarmi il
naso dalla faccia e metterselo fra il pollice e l'indice. Tutti
ridevano, e io ero costretto a dar segni di stupore, a cercarmi il
naso sul viso, per non deludere i miei parenti che assistevano   5

con ansia a quella prova di simpatia. Poi i personaggi, per lo
più avvocati e ragionieri, si sdraiavano sulle più belle poltrone,
prendevano il caffè, i liquori, e finalmente, tra il rispetto di
tutti, cominciavano a dire le cose che già prima del loro arrivo
10 i miei genitori mi avevano raccomandato di ascoltare con molta
attenzione: perchè certo dalle parole di gente di così straordi-
naria cultura avrei ricavato grande giovamento.

Cominciavano di solito a parlare di affari. Nei loro discorsi,
e più ancora nella mia fantasia, il danaro diventava una cosa
15 viva, guizzava di mano in mano, entrava nelle banche per mettersi a dar frutti come una pianta miracolosa, usciva di nuovo
in rivoli di monete sonanti o in fasci di biglietti fruscianti
dagli angusti sportelli, alimentava le industrie e i commerci, per
formare infine un gran fiume d'oro in cui i più fortunati nuo-
20 tavano, o addirittura correvano l'attraente pericolo di affogare.
In quella visione gli ospiti si inebriavano, sospiravano, si
approvavano l'un l'altro con entusiasmo, con fervore: 'Col
danaro si fa la guerra! ... Il danaro non ha odore! ... È
inutile, il danaro è il danaro!'

Giambattista Angioletti: *La memoria*
(Bompiani, 1949)

1. i personaggi di riguardo: *the important people.*   6–7. per lo più: *for
the most part.*   15–16. per mettersi a dar frutti: *to start producing fruits.*
18. angusti sportelli: *narrow counter-windows.*

[134]

1 In attesa di novità molto più importanti la Fiat dovrebbe
presentare a Ginevra una nuova versione della '127', la '3
porte', da noi precedentemente annunciata.

La caratteristica principale di questa novità Fiat sarà dunque
5 quella di un grosso portellone posteriore incorporante il
lunotto (tipo A 112), che faciliterà sensibilmente la possibilità

di carico e scarico posteriore; ovviamente il sedile dietro sarà
del tipo ribaltabile, permetterrà quindi la formazione di un
ampio piano di carico: diciamo lungo quasi un metro e mezzo, e
largo sino a 130 centimetri. Il portellone sarà incernierato 10
superiormente e il lunotto avrà dimensioni lievemente diverse:
sarà un po' più stretto per esigenze di incernieratura, lievemente più alto, o, meglio, prolungato in basso per migliorare
un po' la visibilità posteriore.

Va notato che proprio per la possibilità di trasportare 15
carichi sul piano posteriore, questa '3 porte' è stata equipag-
giata con specchietto retrovisore supplementare esterno. Le
prestazioni rimangono invariate (140 km./h; 6,9 litri/100 km.);
invece il prezzo dovrebbe essere aumentato di una cinquantina
di biglietti da mille. Pertanto di listino verrebbe a costare 20
intorno al milione e 20 mila lire.

Quattroruote, marzo 1972

10–11. sarà incernierato superiormente: *will have its hinges at the top.*
15. Va notato che: *It is also to be noted that.*   18. prestazioni: *performance.*
20. biglietti da mille: *thousand-lire notes.*

[135]

Un mare terribile che s'era ingrossato di colpo mentre loro, 1
incoscienti, mangiavano e bevevano da Vincenzo alla Marina
Piccola, fino a tardi. Erano in tre, e glielo avevano sconsigliato
di ritornare alla Marina Grande con quel mare, d'altra parte
come facevi a tirare il motoscafo sulla spiaggia? Ormai non si 5
poteva più, si sarebbe scassato. Così Glauco aveva deciso. Era
furioso, disse dopo, perchè uno di quei due, passata la punta
del Faro, aveva vomitato sporcando tutti i cuscini, l'altro
sempre più ubriaco, si sentiva male. Bella compagnia. A un
certo punto, pare, il motoscafo s'impennò sopra un'onda più 10
alta, e fece una mezza virata. Nello scarto quello che aveva
vomitato scivolò a mare. Glauco, così dichiarò ai carabinieri,

aveva affidato il volante del timone all'altro e si era tuffato.
Aveva raggiunto il punto dove quello era caduto, e si era
15 guardato intorno: scomparso. Con gli occhi che gli bruciavano
aveva visto allora il motoscafo che girava descrivendo un
cerchio largo. Quel disgraziato non sapeva come fermare il
motore, non riusciva a tenere il volante, in un barlume di
lucidità l'aveva fissato con una corda, e ora sbatteva di qua e di
20 là nello scafo come un fantoccio, afferrandosi disperatamente
dove poteva, senza capire più niente, con l'anima che gli
usciva dalla bocca e dagli occhi. Il motoscafo continuava a
descrivere sempre lo stesso largo cerchio fisso. A un dato
punto del cerchio il fianco rimaneva esposto all'onda e imbar-
25 cava acqua a torrenti. Glauco aveva urlato, pianto, imprecato,
ma chi lo poteva sentire? Dalla costa avevano capito quello che
stava succedendo, perchè armarono subito una barca, ma
pure se fossero arrivati in tempo come avrebbero fatto a
fermare il motore? Dovevano aspettare che la benzina finisse,
30 e allora poteva continuare a girare così per altre due ore, e in
due ore dieci volte sarebbe colato a picco con un mare come
quello. Anche Glauco dice che se n'era reso conto, e non
gridava più, guardava soltanto, ogni volta che riusciva a
salire sulla cresta di un'onda, come il suo motoscafo affondava.
35 Non pensava nemmeno a quello che era affogato, non gliene
importava niente, non era un suo amico, lui non aveva amici,
disse al maresciallo, era solo uno con cui aveva ammazzato una
mattina mangiando e bevendo, per desiderio di compagnia,
non sapeva neppure come si chiamava. Quando arrivò la barca
40 di soccorso, le onde avevano completamente invaso lo scafo,
Glauco lo aveva visto sparire, tirato giù dal peso del motore,
come un piombo. L'ubriaco era stato salvato giusto in tempo,
lilla era diventato, il corpo dell'altro recuperato il giorno dopo.
Uno dei marinai aveva detto: Saranno almeno cinquecento
45 metri qua sotto. E Glauco, come quando parlava del Venezuela:
Cinquecento? Questo è il punto dove è sceso Piccard, saranno
più di mille metri.

Raffaele La Capria: *Ferito a morte*
(Bompiani, 1961)

148

1. di colpo: *suddenly*. 2–3. Marina Piccola: paese di Capri. 10. s'impennò: *reared up*. 11. fece una mezza virata: *half turned round on itself*. 11. scarto: *jerk*. 27. armarono: *they manned*. 31. colato a picco: *sunk*. 32. che se n'era reso conto: *that he'd realized this*. 43. lilla era diventato: *he had turned lilac-coloured*.

INDEX OF AUTHORS AND SOURCES

(Numbers are those of passages)

SUBJECT INDEX

(Numbers are those of passages)

MORE ABOUT PENGUINS
AND PELICANS

Penguinews, which appears every month, contains details of all the new books issued by Penguins as they are published. From time to time it is supplemented by *Penguins in Print*, which is a complete list of all titles available. (There are some five thousand of these.)

A specimen copy of *Penguinews* will be sent to you free on request. For a year's issues (including the complete lists) please send £1 if you live in the British Isles, or elsewhere. Just write to Dept EP, Penguin Books Ltd, Harmondsworth, Middlesex, enclosing a cheque or postal order, and your name will be added to the mailing list.

In the U.S.A.: For a complete list of books available from Penguin in the United States write to Dept CS, Penguin Books Inc., 7110 Ambassador Road, Baltimore, Maryland 21207.

In Canada: For a complete list of books available from Penguin in Canada write to Penguin Books Canada Ltd, 41 Steelcase Road West, Markham, Ontario.

Penguin Parallel Texts

ITALIAN SHORT STORIES

(*Two volumes*)

The eight stories in this volume, by Moravia, Pavese, Pratolini, Cassola, Calvino, Gadda, Soldati and Natalia Ginzburg, have been selected as being representative of contemporary Italian writing. There are notes and biographies to help the student of Italian. However, the volume can also be helpful to Italians, who can improve their English by studying a strict rendering of stories with which they may already be familiar.

The second volume includes stories by Italo Svevo, Gomisso, Vittorini, Rigoni-Stern, Fenoglio, Pasolini, Moravia and Calvino. Like the first it represents the richness and variety of modern Italian writing but some of the stories are more difficult in their language and the translations are less literal.

GERMAN SHORT STORIES

This collection is representative of post-war authors whose work has been published in West Germany. With parallel texts in German and English and the notes and biographies provided, this volume is primarily designed for the English student of German. But it can also be useful to the German student of English, by providing him with a literal – though not a literary – translation of stories he may already have read.

Also available:

FRENCH SHORT STORIES

(*Two volumes*)

SPANISH SHORT STORIES

PENGUIN FRENCH READER

Racine and Balzac are all very well for examinations: but what did they know about motor cars or supermarkets? The *Penguin French Reader* offers you workaday samples of modern French – from books and newspapers, circular letters, theatre programmes, brochures, anywhere. Funny, informative, provocative, or anecdotal, they represent the language a Frenchman is absorbing as the day goes by.

PENGUIN GERMAN READER

The exhaustive Goethe, if we are to believe Nietzsche, offered 'the most beautiful things in the world' along with 'the most ridiculous triflings': but he never wrote copy for Volkswagen or instructions for working a public telephone, did he? And that's where the *Penguin German Reader* (with extracts from papers, novels, books, plays and poems from both sides of the Iron Curtain) scores over Goethe.

PENGUIN RUSSIAN READER

We are spared Dostoyevsky's 'intolerably boring' readings from his own works (to quote Stravinsky), but who can avoid an occasional yawn at the great 'Anna Karamazov' novels? For variety the *Penguin Russian Reader* offers a swatch-book of modern Russian as spoken on the Moscow Metro or in the streets, as written in periodicals and books, official notices and unpretentious print.